# 手がかりは一皿の中に

## ご当地グルメの誘惑

八木圭一



集英社文庫

# 目次

# 亀助の家族構成

父　重太郎　警察庁次長

母　綾　華道の先生

姉　鶴乃　検事

主人公　北大路亀助　グルメライター

母方の祖父　故・中田平吉　老舗料亭中田屋の元社長

母方の祖母　中田きくよ　中田屋の三代目・大女将

母方の大叔父　中田安吉　中田屋の元専務

従兄弟　中田豊松　中田屋の役員

# 手がかりは一皿の中に　ご当地グルメの誘惑

君がどんなものを食べているかを言ってみたまえ。
君がどんな人であるかを言い当ててみせよう。

ブリア・サヴァラン

# プロローグ

とかち帯広空港《おびひろ》発、羽田《はねだ》行きの最終便は機材準備のため、出発が遅れた。

すでに遅い時間ということもあり、前の乗客はリクライニングシートを倒した後、あっという間に寝息を立てている。

北大路亀助《きたおおじかめすけ》は、窓の外の深い闇に目を落とした。

「お前、まさか、まだあのことを気に病んでいるのか」

〝ワンプ〟こと、グルメサイト〝ワンプレート〟を運営する社長・島田雄輝《しまだゆうき》に言葉を投げかけられ、亀助は目を合わさずに小さく頷《うなず》いた。もともとは大学時代のグルメサークルが立ち上げたお遊びサイトだったが、ユーザー数が伸びていき、先輩の島田はコンサルタント会社での勤務を経てITベンチャーを創業した。そして、当時大手出版社で担当していた大物作家を怒らせて文芸編集部から総務部に異動になり、やさぐれていた亀助を自社に引き入れた。

現在、亀助は編集・広告部門の統括責任者として、各担当者をマネジメントしながら広告案件のライティングを行っている。

亀助はグルメライターとしてネットを主戦場に活動してきているが、これまで〝炎上〟に巻き込まれることは一度もなかった。平和主義者で争いが苦手な性格のため、慎重に炎上を避けてきたのと、よい料理だけをレコメンドしてきたのが理由だろう。

しかし、今回、島田の思いつきで開催したグルメイベントに初めて関わった際、不測の事態が起きてしまった。その結果、ひとりの料理人が激怒しただけでなく、SNS上で、様々な立ち位置の利害者が入り乱れて、激しいバトルが展開されたのだ。

「お前は悪くない。このネット社会は店のオーナーや料理人の実力、人間性までが可視化されてしまう厳しい世界なんだわ。墓穴を掘った人間に対して世間は容赦ない」

生唾を飲み込んでいた。

「それは、わかっています。でも彼は非を認めて謝ったというのに……。みんな、そこまでやりますか？　っていうくらい袋叩《ふくろだた》きで節操がないなって」

島田が腕を組み、その後すぐに足を組んだ。

「だから、そういう時代なんだわ。どこかで怒りのはけ口を探しているようなやつらが跋扈《ばっこ》するのがネット社会だべ。全部、真に受けていたらパンクしてしまうぞ」

亀助は拳を握りしめていた。

「確かにお前のいう通り、あの料理人には同情しないでもないが、うちもダメージを受けたんだから、人様の心配をしている場合じゃない。ブランドを守るって大変なことなんだ。築き上げるのには時間がかかるのに、崩れるときなんか一瞬だべ」

島田の返事は至極まっとうなものに聞こえる。メディアも築城三年、落城一日だ。

「いや、でも俺な、やっぱり、ポテサラっていいなって再認識したわ。ポテサラみたいな、昔ながらの家庭料理かつ国民食には、みんな何かしら家庭の思い出があるんだよ。一皿に秘められたそういう家族の物語って、いいよな」

島田が自ら好んで家族の話をしてくるのは珍しい。

ポテトサラダ、通称・ポテサラ。基本的には、ジャガイモの他には、ニンジン、タマネギ、キュウリといった野菜とハムが入って、そこにマヨネーズ、胡椒《こしょう》、塩で味付けをする。お惣菜《そうざい》の代表だ。

「え、社長のポテサラ物語って、どういう思い出ですか？」

島田が「ふっ」と、白い歯をこぼした。高校まで札幌《さっぽろ》で過ごしたはずだ。

「俺さ、子供の頃、トマトが大嫌いでさ。好き嫌いをなくそうとしたお袋がなんとか食べさせようとして、ポテサラにみじん切りにしたトマトをさりげなく入れてきやがったんだわ。でも一口で気づいて、大げんかしたべや」

亀助は島田の母親の苦労が想像できて、つい頬の筋肉が緩んだ。

「わかります。我が家にももちろんポテサラ物語はありますね」

「え、お前みたいなボンボンの家でもポテサラは出るのかよ」

亀助は頷いた。幼稚舎から慶應《けいおう》だったし、銀座新橋エリアで生まれ育ったのだから、〝ボンボン〟と言われても否定する方が嫌味になるだろう。

「むしろ、中田《なかた》家にとってポテサラは特別な存在ですね。実は祖父がよく言っていた言葉があるんです」

「どっちのおじいさん？」

「食い道楽の平吉《へいきち》じいさんの方です」

　亀助の母親・綾《あや》の実家は日本三大料亭の一つと呼ばれる《中田屋》を経営している。経営者だった祖父の中田平吉は、亀助に人生のいろんなことを食で教えてくれた。自他共に認める食い道楽で、最後は大好きなフグ毒に当たって命を落とした。一方、父方の祖父である北大路鬼平《おにへい》は、京都府警伝説の名刑事だった。こちらは最後、名誉の殉職だった。亀助はタイプの異なる二人の祖父の血を引いているのだ。

「平吉じいさん、いろんな名言を残しているよな。お前の好きな言葉もそうだろ」

　亀助は、「ええ」とつい嬉《うれ》しくて相好を崩した。もともと、亀助がいろんな事件に首をつっこむことになったのも平吉の格言がきっかけだった。

　最高の美食を楽しみたかったら、最高の人助けをしてからだ――。

「で、ポテサラがなんだって？」

「『亀助、いいか。ポテトサラダを作るのがうまい女は、いい女だぞ』って」

亀助がつい笑ってしまうと、島田も声を上げて笑い、「それ、すげえ、わかるわ」とつぶやいた。

平吉から最初に聞いた時、亀助が「え、なんで？」と聞くと目を細めて「ポテトサラダの基本ができているってことは、だいたい何を作ってもうまいんだ」と言ったのだ。

それを聞いて、亀助は母の綾が作るポテトサラダが美味《おい》しいことを思い出した。大女将《おおおかみ》である祖母のきくよから教わったそうだ。中田家伝統のポテトサラダは、マヨネーズが少し少なめの分、ミルクと砕いた煮卵と厚切りのベーコンがたっぷり入っている。姉の鶴乃《つるの》も亀助も高校生の時に中田家秘伝のポテトサラダを習得した。

「お前も美味しいポテサラを作ってくれるような、嫁さんができたらいいべな。いつまでも一人でふらふらしてないで、家族でも作るといいのかもしれないいな」

そういう島田は離婚している。仕事を優先して、奥さんに愛想をつかされたそうだ。子供はまだ小さいというのに……。

「そういや、今回は仕事でデートをキャンセルさせてしまったからな……。埋め合わせをしてやりたいし、誰か紹介してやろうか」

亀助は鼻で苦笑しながら首を振った。

「いや、なに言っているんですか。勝手に終わらせないでくださいよ」

亀助は検事をしている姉・鶴乃の紹介で知り合った検察事務官の斉藤天音《さいとうあまね》とデートの

約束をしていたのに、今回の北海道出張で二回もドタキャンすることになったのだ。

「なんだ、終わってなかったのか。ならよかった」

だが、一回目こそ笑って受け入れてくれた天音だったが、二回目の連絡を入れた時は、さすがに呆《あき》れたのか、冷たくあしらわれた。日程の再調整のお願いメールを出したが、返信をもらえていない。

# 第一話「北海道発、東京ポテサラ戦争」

1

「やっぱり、ポテサラだべや」

亀助はハイボールを片手に、頷きそうになりながらも踏みとどまった。

ごぼうスティックに箸を伸ばそうとしていたが、ポテトサラダに変更して口に含んだ。

ジャガイモはメークインを使っているため、滑らかさがある。コクもあるのはきっと十勝《とかち》産の牛乳を使っているのだろう。

「要件を整理しましょう。クライアントである〝十勝農協〟の要望は、ジャガイモの消費が増えるような販促を打ちたい。一方、我が社は、そのジャガイモとコラボして、東京で注目されるイベントを開催したい。ただ、社運をかけたイベントのメインディッシュとして、ポテサラが本当にベストなのか検討が必要です」

「おう、望むところだわ」

島田が、前のめりになってきた。目の前にあった店のメニューを開く。コーンバター、長イモのお好み焼き、ポテトサラダ、じゃがバター、フライドポテト、ごぼうスティック、十勝マッシュの串カツ、十勝牛のステーキなど、魅力的な品々が並んでいる。価格が手頃だったのでほとんどのメニューを頼んでしまった。

北海道十勝にある帯広市内中心部、地元産の野菜料理を食べられる《大地のあきんど》だ。亀助と島田は急遽《きゅうきょ》、二人で出張に来て、打ち合わせをかねた食事をしていた。明日、農協担当者と会うが、その場でイベントのメニューまで決めてしまいたい。ワンプレートが初めてのグルメイベントを開催するにあたり、北海道らしさがある美味しい一皿を決めるとしたら、どんなジャガイモ料理がよいか。

「客観的なデータも見てみましょう」

亀助はカバンから取り出したｉＰａｄを使って〈ジャガイモ料理の人気ランキング〉で検索をかけた。

上から順に、フライドポテト、肉じゃが、ポテトサラダ、コロッケ、じゃがバター、ハッシュドポテト、ジャーマンポテト、ポテトグラタン……。

「まあ、人気度でいったら、フライドポテトでしょうけど。でも、フライドポテトで差別化を図るってなかなか難しいですね。そもそも、ここに出てきているメニューは、すべて味の差を出すのが難しいものばかりですね……」

島田が頷きながら、じっと亀助の目を見つめているので、そのまま話を続けた。

「もう一度、整理しますと、今回ジャガイモの消費を増やしたいという課題があるわけですが、一般家庭で作りたくなる手軽なレシピというと、肉じゃがか、ポテサラ、カレーでしょうね。揚げ物は油を使うから手間がかかるので、ちょっとハードル高いですね」

島田は腕を組んだままじっと亀助の言葉に耳を傾けている。

「そうだべな。何度も言うように、職人の技が生きるものでやりたいべや」

亀助は何度も頷いていた。ここまで、というか、最初から島田と見解は一緒なのだ。

「そうですね。フライドポテトは家じゃなくて店で食べたい。肉じゃがは職人技は生きるかもしれないけど、味に違いを出しづらい。カレーやシチュー、グラタンは、違いは出せても、何種類も食べられない……。つまり……」

亀助も最初から結論は見えていた。

「だから、絶対にポテサラだって。ポテサラしかないって。北海道らしさがありつつ、国民に愛されている料理であることが理想なんだわ。ポテサラで店や料理人の実力がわかるっていうべ」

「わかりました。では、ポテサラで提案しましょう。農協には十勝産のジャガイモ、それから、ニンジン、タマネギ、キュウリ、卵に、ハムかベーコンも提供してもらえるように交渉しましょうか」

島田が腕を組んだまま頷く。

「そうだべ。それと、さっきもお前が言っていた通り、王道のポテサラは必要だけど、変化をつけたい。今回は食べ比べできるのがポイントだべ。燻製《くんせい》の卵をのせたり、海鮮をのせたり、十勝産食材をトッピングするのならオッケーにするか」

亀助も異論はなかった。参加者だって、いかに美味しくても、似た味のポテトサラダを食べ比べるのでは感動が少ないのはもっともだ。

「選《え》りすぐったポテサラを四、五皿くらいですかね」

亀助は見た目の異なるポテトサラダが複数並んだ絵をイメージした。

「まあ、そうだべ。明日の打ち合わせが終わり次第、リストアップしてくれや。美味しいポテサラを出す店と、あとは相性のいい酒な」

「はい、わかりました」

亀助自身かつて経験がない取り組みだけにワクワクする。

そして、翌日、十勝農協の担当者に提案すると、「ポテサラ、最高じゃないですか」とあっさり、メニューは決まった。

亀助が「ポテサラに合うジャガイモを相談したいのですが」と話すと、〝インカのめざめ〟を提案された。さらに、担当者が「せっかくだから」と、幕別町《まくべつちょう》で多くの野菜を作っている〝橋枝《はしえだ》ファーム〟に連絡してくれて、早速、話を聞くことになった。幕別町は帯広市の隣町にあり、帯広駅からクルマを走らせて三十分ほどだ。

　亀助も最近、ブランド力を高めている〝インカのめざめ〟については興味を持ち、事前にリサーチを行っていた。原産地である南米アンデスの高級ジャガイモ〝ソラナムフレファ〟種などを日本向けに改良し、北海道農業研究センターの研究部が開発したそうだ。一九八八年に誕生し、二〇〇一年に種苗登録された。栗やさつまいものような風味だと評されるほど、他のジャガイモよりも糖度が高く、甘みと濃厚な味わいが特徴だ。煮くずれがしにくいため、じゃがバターや肉じゃが、フライドポテトにも適している。

　一方で、病虫害に弱いことから、他の品種と比較して栽培が難しいという。また発芽しやすいため、長期保存には不向きだ。

　いち早く〝インカのめざめ〟の栽培に取り組み、現在、国内最大の栽培量を誇る幕別町では、低温貯蔵庫を使って〝熟成インカのめざめ〟を作っている。

「何度も来られないですから、すぐに農家さんから話を聞けてよかったですね」

　運転席に座った島田が「調子は上々だな」と頷く。ナビにしたがってクルマを進めるが、信号が驚くほど少なかった。すいすい進んで、あっという間に目的地に到着する。

　ビニールハウスの中で橋枝ファーム代表の橋枝俊英《としひで》が、作業をしていた。五十代半ばだろうか、眼鏡をかけていて、知的な印象がある。

「今日は突然、無理を言ってお邪魔してしまって、すみません」

「いやあ、この時期なら、ちょっと話すくらい、わけはないんだわ」

「僕もジャガイモが大好きで、〝インカのめざめ〟や〝越冬ジャガイモ〟について、一通りは調べてきましたが、橋枝さんがなぜ栽培しようとしたのか。十勝のジャガイモがなぜ美味しいのかを教えていただけますか」

橋枝は「うん、ちょっと長くなるけどね」と白い歯を見せた。亀助はポケットからｉＰｈｏｎｅを取り出して、許可をもらってボイスメモのボタンを押す。念のため、ペンとメモ帳も取り出した。

「この空さ、真っ青で綺麗《きれい》だべさ」

亀助が「ええ、これが〝十勝晴れ〟ですよね」と同調した。

橋枝が、目を細めると「そうなのさ。この気候が十勝の農作物に恵みをもたらしてくれるんだわ」と言って、空を見上げた。

「十勝は日高山脈とか、大雪山系の山々に囲まれているから、晴れる確率が北海道内でもとりわけ高いんだわ。だから、昼夜の寒暖差が激しい。特にジャガイモとか、豆とかはさ、日中は栄養がたくさん蓄えられるでしょ。その栄養分が夜には実にギュッと閉じ込められるんだわ。そして、あの山々からは川を伝って綺麗な水が大地を潤してくれる。空気も澄んでいるでしょ。この環境が畑作には本当に最適なんだわ」

亀助は「そりゃあ、野菜が美味しく育つわけですよね」と、相槌《あいづち》を打つ。さらに饒舌《じょうぜつ》になった橋枝が、貯蔵庫に案内してくれた。

「それでさ、ジャガイモは寒さにも強いし、栽培に適した北海道にとっては貴重な食材なんだわ。それこそ、〝インカのめざめ〟は特にビタミンCや$B_1$、$B_6$、そしてナイアシンなどの食物繊維が豊富なんだわ」

目の前に色も形も違うジャガイモが数種類並べられている。橋枝が説明用に揃《そろ》えておいてくれたのだろう。

亀助は一つの芋を取り上げた。

「これが〝インカのめざめ〟で合っていますか」

橋枝が「すごいね」と言って頬を緩めた。亀助は胸をなで下ろす。

「正解だわ。外見はそこまで変わらないのに、よくわかったね」

「いえ、メークインとか、キタアカリとかに比べたら、少し小ぶりですよね。それに他のイモとちょっと離れて置かれていましたから」

笑いながら言うと、橋枝が「いやあ、大したもんだよ」と言ってきた。

「最近になってようやく〝インカのめざめ〟が甘くて美味しいと評判になってさ、よく出るようになったからさ。作る人も増えているんだわ」

亀助はカメラを向けて、何枚か撮影をしていく。

「でも、この品種は育てるのが、大変なんですよね」

橋枝が深く頷いた。

「そうなんだわ。なんせ病気に弱いしさ、身がちっこいから、大きな機械を使っているところは作れないんだわ。うちは個人経営だけど、いま大規模経営のところは、機械化が進んでいるからね。自動運転の機械も増えているんだわ」

「そうなんですね……。作るのが大変でも、やはり価値があるということですか。現状、〝インカのめざめ〟が最高のジャガイモと考えていいですか」

橋枝が腕を組んで、目を細める。

「まあ、そうだね。食べてもらえばわかるけど、個人的には最高だわ」

「なるほど。それで〝越冬ジャガイモ〟にしようと考えたのはなぜなんですか？」

橋枝が再び腕を組んだ。

「毎年、秋に収穫するんだけど、一年中、美味しく食べてもらうにはどうしたらいいかって考えてさ。ジャガイモは熟成させることで糖化して甘くなるんだわ。だから、低温貯蔵庫を作って、発芽や凍結から守って休眠させることで熟成させてやれば、さらに美味しくなるってわかったんだわ」

「ありがとうございます。橋枝さんのところで作られている野菜はジャガイモ以外だと、どんなものがありますか？」

橋枝がはにかんだ笑みを浮かべた。

「長イモ、ニンジン、ダイコン、ゴボウ、タマネギ、キュウリ、ニラ、キャベツ、レタス、ハクサイ、小麦、ソバ、大豆、小豆、ビーツ、グリーンアスパラと、まあ、そんなところかな」

亀助は予想以上に多くの野菜が出て来て目が回りそうになった。

「タマネギに、キュウリに、ニンジン……。完璧です。そして、ビーツは甜菜糖《てんさいとう》の原料ですよね」

「そうだわ」と橋枝が頷く。ビーツ、どちらともオリゴ糖や食物繊維も豊富だ。

「ビーツは、スープとか、サラダにもけっこう使われますよね」

「そうそう。ロシアでは昔から食べられているし、ヨーロッパでも人気だよね」

ロシアか。もしかしたら、これもまた活《い》きるかもしれない。ポテトサラダに変化をつける上で、相性がよさそうだ。

「ああ、ポテサラを作るって言ったな」

「ええ、そうなんです。すべて、十勝産でできたらと思っていましたが、すべて〝橋枝ファーム〟の作った野菜でできたら最高です」

「どれくらい必要なのさ」

「一〇〇皿分を四、五種類で考えていますので、おそらく、ジャガイモだけで五〇〇キロくらいは必要になるかと……」

「それくらいだったら、なんぼでもやるわ。十勝農協の組合長とも話し合ったんだけど、特別に予算を出してくれるって言ってたわ。ただ、その代わり、ちゃんと幕別町産というブランドをアピールしてもらわないと困るよ。まだまだ全国的な知名度は低いけどさ、手塩にかけて育てたんだから、頼むよ」

亀助は島田に目をやった。満面の笑みがこぼれている。

「それは、もちろんです！　おまかせください！」

亀助が言うと、島田の声と被《かぶ》っていた。

「美味しいよ、このポテサラ！　やるじゃん」

北海道から東京に戻った亀助は、自宅に客を招いて手料理をふるまっていた。相手は、グルメサークルの仲間である荒木奈央《あらきなお》と河口仁《かわぐちじん》だ。荒木は銀座でエステサロンを経営している。銀座を拠点に美食家が集まって結成されたグルメサークル〝G5〟で亀助と知り合った。河口は、亀助が大学一年時の三年生で、グルメサークルの会長だった。離婚調停などに強みを持つ弁護士になった現在は、東銀座にオフィスを構える《銀座やなぎ法律事務所》で働いている。

「うん、俺は何度か食べさせてもらっているけど、何度食べても亀助くん特製ポテサラは美味しいな。この煮卵と厚切りのベーコンがいいんだよな。俺の奥さんにも入れてくれって頼んでいるんだけど、普通のゆで卵と普通のベーコンなんだよ……」

　河口が大量にお代わりしてくれた。亀助も鼻が高い。

「それにしても、外食好きな君が〝自宅でポテサラを食べてくれ〟なんて、珍しいなと思ったら、ポテサラでイベントをやるんだって？　ワンプは、随分と思い切ったイベントをやるんだね」

　河口が首を傾《かし》げている。

「でも、ポテサラはありだよ。みんな、絶対に食べたことがあるし、好きだし、知名度や人気度でいったら、バッチリかもね」

　荒木がもっともなことを言ったので、亀助は大きく頷いた。

「そうなんだよ。ワンプの初めてのイベントだし、プロモーション費用と考えて、赤字覚悟で、チケットは三千円から五千円かな。お酒も含めて、フリードリンクだしね」

「それくらいがいいね」と河口が頷いた。

「島田さんがポテサラだ！　って言い出したんだけどね」

「でも、悪くないじゃん」

　荒木は乗り気のようだ。

「そう。やってみないとわからないけど、直感では悪くない企画だと思うんだ」

亀助は自分に言い聞かせるようにつぶやいた。

「それで、代表が肝心な企画をしたっていうことは、探偵はなにをやるの？」

荒木と出会ってからというもの、亀助はいろんな事件に巻き込まれて、事件解決のために奔走したことから、〝探偵〟と呼ばれている。

今回もイベント好きの荒木は興味津々のようだ。

「僕は料理人探し。食材探しは順調だから、料理人の確保だね。あと、もちろんお酒とのマリアージュも考えないと」

「食材って、ジャガイモじゃないの？」

「うん、ジャガイモの中でも、今回は〝インカのめざめ〟という甘みが強い、ブランドのジャガイモを使うことになったんだ。お土産にもってきたから、ぜひ、おうちでポテサラにして作ってほしくて」

袋を二つ取り出して、それぞれに手渡した。

「でもさ、ポテサラとのマリアージュって、けっこう難しそうじゃない？」

亀助は河口の疑問に首肯しつつ、席を立った。冷蔵庫に行って、中から瓶を持てるだけ取り出し、テーブルの上に並べた。

「なので、今日は自宅にお招きしたんですよ。はい、芋焼酎に、そば焼酎、麦焼酎。あとは地ビールもね。ワインもたくさん届きましたよ。一緒に探ってくださいな」

「やったあ」と、荒木から歓声が上がった。

「ポテサラに合わせるワインなら、赤の軽めがいいかな。白なら若いフレッシュなやつ。シャルドネとかいいね」

河口は〝ソムリエ〟と呼ばれるほど、自他共に認めるワイン好きで、実際ワインエキスパートの資格を持っている。亀助はすかさずメモを取った。

「早速、これからいきましょう。幕別町産を使った〝インカの目覚め〟というジャガイモ焼酎でロックが合うそうです」

三人分のグラスを用意する。ボトルのキャップを外し、鼻孔を近づけるとジャガイモの風味が漂ってくる。一口飲むと、飲み心地はスッキリしていて、ほんのり甘い。

「どこのポテサラをチョイスするのかはある程度、目星をつけているんでしょ。もういくつかは決めてるの？」

荒木に問われて、亀助は首を横に振った。

「東京でポテサラの代名詞といえば、神楽坂《かぐらざか》の《やまだ》って小料理屋なんだけどね。店主の山田さんのポテサラに惚《ほ》れ込んだ美人客がいまの女将さんなんだって」

「マジで？　それ、すごくない？　もともと独身だったの？」

「いや、離婚して一緒になったみたい。それをイジられるのは嫌がるし、こういうイベントは好まないんだよね。いま、どうやって口説こうか悩んでいるところなんだ」

「じゃあ、新宿の西口にある居酒屋のポテサラは？　いぶりがっこが入っているから歯ごたえがよくて、めっちゃ美味しいじゃん」

亀助も行ったことがある人気店だ。だが、首を横に振るしかなかった。

「いぶりがっこを使ったポテサラってけっこう多いんだけどね、いぶりがっこは秋田だからな。今回のコンセプトとずれちゃうんだ」

荒木が「そっかぁ」と、渋い表情を浮かべた。

「そう、食感を出すためにリンゴを使うお店も多いんだよね。あとは中華のお店で、ザーサイを使うケースもある。でも、今回は違うんだよな」

荒木の表情が落胆の色に変わった。

「あ、いま、六本木にあるビストロのトリュフがたっぷりかかった贅沢《ぜいたく》なポテサラを思い出したけど、ダメだね。シャンパンにめっちゃ合うのに……」

亀助は苦笑いするしかなかった。

「生ハムとかベーコンとか、コンビーフとかはありなんだけどさ」

荒木が「縛りって難しいね」と言って、カクテルに手を伸ばした。亀助が「ホントそれなのさ」と相槌を打つ。

「店選びでなにか意識しているポイントはあるのかい」

河口が重要なポイントを突いてきた。

「やはり違いを出したいので、味や見た目が異なる四、五店舗を並べたいですね。できれば、キャラが立っている料理人を呼びたいです」

「それ、大変だと思う。オファーしても受けてもらえる保証はないし、探偵の理想通りにはいかないかもね」

亀助は「ごもっとも」と頭を下げた。

「吉祥寺《きちじょうじ》にあるポテサラ専門店は入れるの？　あそこのスープポテサラは他と絶対にかぶらないだろうし、オーナーは美人の料理研究家だよ。しかもＳＮＳの発信がうまくて、インフルエンサーになっているし！」

荒木がひとさし指を上げた。亀助は、首を縦に振りそうになって、すぐに傾けた。

「僕、食べたことがなくて。早速、明日、下調べに行く予定なんだ」

似通ったポテトサラダでは、評価が難しいし見比べても変化がない。スープポテトサラダはおしゃれな店が出しているところもいい。

「うん、王道のポテサラが一つと、スープポテサラね。あとはどうするか」

あと二つとはいえ、ラインナップを完成させるまで、まだまだゴールは遠い。

「北海道なら、海鮮ポテサラは？　築地《つきじ》の《海の宝石箱》のポテサラさ、ウニとか、イクラがのった何種類かあるけど、今回のコンセプトにも合うし、いいんじゃないかな」

今度は河口が口を挟んだ。

「イクラとか、ウニとかは、ポテサラのトッピングとしてやりすぎな感じがあるんですよね。そりゃあ、何にのせても美味しいでしょって。候補の一つとしては考えていますが……」

荒木が頷いて「わかるわ。わかるけど、食べたい」とつぶやいた。

「ウニをのせたポテサラが一番になったら、王道のポテサラで勝負した人が、納得いかないかもね」

ズバリ、亀助が懸念していたことだった。

「じゃあ、他には？」と、河口が〝十勝ワイン〟の入ったワイングラスを傾けながら聞いてきた。

「それで言いますと、もともとロシアのポテトサラダが、日本をはじめ、ヨーロッパでいまも食されているポテサラの原点らしいので、ロシア風ポテサラはいいなって思っているんです」

「へえ、そうだったんだ」と、荒木が体を乗り出してきた。

「モスクワのホテルで料理長をしていたベルギー人シェフのオリヴィエさんという人が、ジャガイモとか、鶏肉、ゆで卵、ビーツなんかを使って考案したみたい。で、今回食材を提供してくれる農場に甜菜のビーツもあるんです。赤くて、色味の変化もつきそうで」

「そういうポテサラが一つあってもいいかもね」

河口が同意を示してくれた。

「そういえば、ポテサラといえば、〝全日本ポテサラ党〟って知ってる？」

河口がスマホで検索をかけると、サイトを見せてきた。その件であれば、亀助もすでに織り込み済みだ。確かに、〝全日本ポテサラ党〟は今回外せない相手なのだ。関西の人気起業家が立ち上げたポテトサラダ愛好家団体で、サイトも人気だ。

「はい。〝全日本ポテサラ党〟の党首・角《すみ》さんには審査委員長として、ぜひ参加してもらいたいと思っています」

「あ、知り合いなの？」

「はい。ＳＮＳでも繋《つな》がっています」

「なら、それがいいよね、絶対。サイトでも取り上げてもらえるし」

亀助は頷きながら、やらなければならないことがたくさんあることを思い返し、身のひきしまる思いでいた。

2

店選びに取り掛かった亀助は、吉祥寺にあるポテサラ専門店《ポテコ》を訪れた。木目調のデザインで統一されていて、店内は洗練されている。

三十種類を超えるポテトサラダのメニューがある中で亀助は〝スープポテトサラダ〟に狙いを定めて、二品をオーダーした。

〝ゴルゴンゾーラのスープポテトサラダ〟が到着した。様々な角度から、何枚か写真を撮る。鶏肉のほか、緑の豆が入っているが、枝豆に間違いない。スプーンで掬《すく》って一口飲んだ。口当たりがいい。ゴルゴンゾーラの濃厚なコクが、マッシュポテトの旨味《うまみ》を引き立てている。

これは、いい。すごくいい。

亀助は、一口食べただけで、今回の料理人に相応《ふさわ》しいと実感する。チーズといえば十勝といえるほど、種類も充実している。きっとうまくマッチするものがあるはずだ。

今度は〝コーンポタージュのポテトサラダ〟が到着した。これもまた、コーンのほどよい甘み、歯ごたえがほどよく溶け込んでいる。こっちもいいな。なにせ、十勝はスイートコーンの圧倒的な生産量を誇るのだ。〝インカのめざめ〟との相性もいいだろう。

これはすぐに確定させたいと考え、美人料理研究家としても人気が高いオーナーの小《こ》谷美帆《たにみほ》に依頼をする。

ワンプでも何度も取り上げていただけに、交渉はスムーズだった。

「それはおもしろそうなイベントですね。ぜひ、出たいです」

小谷はそう答え、「どこが来ても、専門店の名にかけて負けるわけにはいきませんね」と、早速、自信をにじませていた。そして、通常のメニューではなく、十勝をテーマにスペシャルメニューを作りますよ。それに専門店のうちが入らないと困りますから」と目を細めた。

確かに、ポテトサラダの専門店は都内といえども他に数える程しかないだろう。一過性のイベントとは異なる。念入りにリサーチをしてポテトサラダに特化した店作りを考えたはずなのだ。小谷は年齢は二十代半ばで、おそらく最年少になるだろう。

とにもかくにも、一つ目のピースがはまった。次のピースをどうするか。

神楽坂にある人気の和食《やまだ》の店主・山田にオファーをするため、亀助は一人で店を訪れた。人気店なので予約が難しいが、一番乗りで入店すると、他にはテーブルに数組が入っている程度だった。

亀助は頭を下げて、カウンターの隅に腰を下ろした。五十代の山田に対して、二十歳以上は歳《とし》が離れていそうな美人の女将がニコニコしながらハイボールを運んでくれた。

「おう、亀ちゃん、今日は一人でかい。いい人は見つからないのかい」

デートがリスケになってしまった天音の姿が脳裏を過《よぎ》った。

「ちょっと、恋愛はもう、諦めモードですね……」

生ビールと、ポテトサラダをオーダーする。ほどなくして、名物のポテトサラダがやってきた。世間話をいくらかした後で、早速、本題を切り出した。

「山田さん、今度、うちの会社でこんなイベントを開催するんですよ。ポテサラが美味しい人気店だけを集めて、ポテサラの奥深さを語り合うんです。どれが一番かを決めるんですけど……」

亀助が企画書を差し出すと、山田が「ふーん」とやや興味を示して来た。

「ポテサラのイベントでこのお店が入っていなかったら、威厳に関わります。山田さん、どうか、このイベントに参加していただけないでしょうか」

にこやかだった山田の表情が少しこわばった。

「悪いけど、うちは昔からそういうの、やらないんだわ」

亀助が予想していたリアクションだった。

「そこをなんとか、ご検討いただけませんか……」

山田の笑顔は戻らない。厨房《ちゆうぼう》にいるスタッフも冷ややかな目で亀助を見つめていた。助け舟を出そうとする気配はない。

「そういうのに参加したら、一日、店を閉めなきゃいけないじゃない」

といっても、この店の休日に合わせて開催するわけにはいかない。

「もちろん、集客につながるように、全力でプロモーションをさせていただきます」

山田の表情がさらに陰った。傍らでは女将が気の毒そうに見守ってくれている。

「いや、そういうことじゃなくてさ。毎日、楽しみにしてくれているお客さんがいるわけなんだからさ。軟派な理由で店を閉めちゃったら、客が離れちゃうわけさ」

「すみません、的外れなことを言ってしまいました……」

亀助は一度立ち上がってから頭を下げた。

「もう十分、うちのポテサラ目当てに来てくれているお客さんはいるし、あんまり質《たち》の悪い客を増やしたくないんだわ」

「それは、よくわかります……」

重たい空気が流れ出して、山田は無言のまま調理に没頭してしまった。

「すみません、資料だけ置いていきますので、検討だけでもしていただけますか」

だが、「また今度ね」と目を合わさずに言われる。女将は外まで見送ってくれて、「頭の固い人で、ごめんなさいね」と、頭を下げられた。「僕も女将さんと一緒で、山田さんのポテサラのファンなので、簡単には諦められませんよ」と返して、亀助は店を出た。

亀助は帰り道、山田の一言を思い返していた。

インターネットが店のありとあらゆる情報を可視化したことで、一般のユーザーがいろんな店に行きやすくなったことは大きなメリットだ。

しかし、その結果、マナーやモラルに欠けるユーザーも店に行く。あるいは平気でドタキャンをするような客が増えて、店にとってはデメリットにもなっている。

次に亀助は神田神保町《かんだじんぼうちょう》を訪れた。ここにある《モスクワ》というロシア料理専門店が、ビーツを使ったポテトサラダ〝オリヴィエサラダ〟を出しているのだ。写真を見ると、鮮やかなピンク色で盛り付けの形もいい。十八時半前に店に入ったところ、それほど混んではいない様子で、すんなり二人がけの席に座ることができた。

接客に現れた店員はロシア人のようだ。背が高く、色白でブロンドのショートカットが似合う美人で瞳の色は美しいブルーだ。「いらっしゃいませ」と流暢《りゅうちょう》な日本語を話してきた。

メニューを開きながら「ポテトサラダはありますか」と尋ねると「もちろん」と返ってくる。料理の種類は豊富でとても悩んだが、一人でたくさん頼むわけにはいかず、ロシアの古都サンクト・ペテルブルグで作られている〝バルティカ・ラガービール〟とともにポテトサラダとボルシチをオーダーする。

久しぶりに飲むバルティカ・ラガービールは泡がシルキーで喉越しがいい。ほどなく、ビーツの赤い色の上にサワークリームがかかったポテトサラダがやってきた。

おお、予想通り、これは色味の変化がついて、いいかもしれない。サイの目に切られた食材が円形に盛り付けられている。見た目が美しい。

崩すのがもったいないところだが、フォークでひとかき掬って、口に運んだ。ビーツ、ジャガイモに加え、ニンジン、キュウリのピクルス、ゆで卵、鳥の胸肉が入っている。マヨネーズの他にピクルスとサワークリームが効いているため、日本のポテトサラダに比べて酸味が強い。料理人の腕も良く、味がいい。一般的な日本のポテトサラダほど、イモの形が崩れておらず、食感が独特で他のポテトサラダとも差別化ができそうだ。

さきほどの女性が席にやってきたタイミングで、「とても美味しいですね」と声をかけると「ありがとうございます。とっても嬉しい」と白い歯を見せてくれた。

亀助は「実は、こういう者でして」と、カバンから名刺を取り出して渡した。

「あら、ワンプ。わたし、知ってる。たまに見るし」と、また流暢な日本語を話した。

「あなたはとても日本語が上手ですが、日本の生活は長いんですか」

顔はどう見てもロシア人だが、いったいどこでこれだけ流暢な日本語を覚えたのか。

「そんなことないけど……。ちょっと待ってて」と言って頬を緩めると、名刺を取りに行ったようだ。持ってきた名刺には、《店長・ソフィア》とある。

亀助は簡潔にポテサライベントの話を伝えた。「まだ日程は決まっていませんが、ぜひ、検討してもらえませんか」と付け加える。ソフィアは「ぜひ出たい」と即答した。ロシア料理が話題になるには、こういったきっかけも重要なのではないかと思えてくる。

亀助が、「オーナーも了解してくれそうですか」と聞くと、「オーナーはわたしの父ですから」と答えた。そして、厨房に小走りで向かうと、しばらくして戻ってきて「いいって。わたしが会場に行って盛り付けることになると思います。それでもいいですか？」と聞いてきた。

亀助は咄嗟《とっさ》に頷く。

これで、ピースの二つ目がハマった。しかし、スープポテトサラダと、ロシアのポテトサラダという、いずれも変化球だ。そして、今のところ、料理人二人とも女性だ。王道をいくポテトサラダが必要だ。明日、大事な相手に会うので、そこで新たな展開を迎えることになりそうだ。

亀助は、〝全日本ポテサラ党〟の党首にして、起業家の角勝《まさる》にアポイントを取っていた。大阪大学を卒業後、大阪府の公務員になり、行政改革で公務員離れした攻めの言動で注目を集め、スーパー公務員として名を馳《は》せていたが、起業してさらに活躍の場を広げている人物だ。〝オープンイノベーター〟として知られているが、実際のところ、亀助には角が何で儲《もう》けているのかはわかっていない

予約した居酒屋に入ってカウンターの席で待っていると、リュックを背負った角がやってきた。

「角さん、ご無沙汰しています。今日はすみません」

角がいつものにこやかな笑顔を浮かべた。

「いやあ、亀助くん、いつも見ていますよ。すごいじゃないですか、ご活躍。今日は誘ってくれてありがとう。僕の大好きな店だし、お気遣いが嬉しいな」

角は「大将、どうも」と言って、目尻を下げた。

「角さんにはかないませんよ。僕こそ、角さんのファンですよ」

角は、SNS上のコミュニケーションにおいて、仕事観やビジネスの告知だけではなく、家族愛を積極的に載せている。二人いる子供はモデル級にかわいい。

「またまたそうやって。なに、なんなの。今日は、折り入ってポテサラの件で相談があるって、どういうことだよ。どんな相談さ」

それこそが、角に時間を割いてもらった理由でもある。

「角さん、実はポテサラのイベントを開催しようと思っているんですよ」

「え、いいじゃん。それいいじゃん。なんで、めちゃめちゃ応援するよ、僕。応援するに決まってんじゃん」

角の優しい性格からいって、協力してくれることは予想通りだった。

「いやあ、よかったです。僕の中でポテサラといえば角さんですから、ここは事前にお伺いを立てなければと。勝手にやったら、絶対に怒られるなって思って」

「よく言うよ。僕なんか、趣味でやっているだけなんだから、え、いつやるの。いくよ、いくいく」

いくつか出ているスケジュールの候補と角の空いている日程を確認すると、なんとか調整できそうだ。

「いやあ、もうぜひ。サイトにも寄稿していただきたいですし、審査委員もやってください」

角はまんざらでもない様子だ。

「え、なにすればいいのよ」

「四、五店舗にコンテストに出てもらいますので、ポテサラの愛好家として、それぞれの講評をいただきたいんです」

角が頷きながら、頭を揺らしている。

「うん、まあ、いいけどね。で、どこの店が出るの？」

「え、と、まずは、ポテサラ専門店《ポテコ》さんのスープポテサラですね」

「うんうん、いーねー。小谷さん、美人でフォトジェニックだしね。頭がいいから、僕はすごく好きだな」

やはり、考えることは同じだなと、亀助は内心ほくそ笑んだ。

「あとは、ポテサラの起源をもつロシアのポテサラを入れたくて。それで、神保町にあるロシア料理専門店の《モスクワ》さんにお願いしました。行ったことありますか」

角が首を振って、「いや、聞いたことないな」と言ってから、眼鏡をとって、おしぼりで顔を拭いた。早速、スマホで検索をして調べてくれている様子だ。

「うん、いいね、美味しそう。コンセプト的にも、すごくいいね。《モスクワ》は行ったことなかったけど、それは慧眼《けいがん》だな」

角はいつもよいところを褒めてくれる。一方で、ズバッと言うべきところは言う。

「それで、スープポテサラと、ロシアのポテサラが決まったのはわかったけど、いわゆる、ザ・ポテサラ的な、王道のお店はどこにしたの？」

そう言ってから、角が顔を上げて、カウンターの主人に目をやった。

「ていうか、ここでしょ。え、絶対にここしかないでしょ」

角が大声を上げたので、目の前の大将・山田が笑い出した。ずっと話は聞いていたはずだ。亀助は神楽坂の名店《やまだ》を諦めきれず、店のファンである角を連れてきていた。

「先日、断ったばかりでしょ。ダメなものはダメだよ。まったく……」

山田が苦笑いをしている。

「え、なに、どういうこと？　亀助くん、一度、大将にお願いして、断られたってこと？」

亀助は大袈裟《おおげさ》にうなだれて、ハイボールに手を伸ばして一気に飲み干した。

「それで、困っているんですよ。ポテサラといったら、ここしかないじゃないですか。イベントが不完全になってしまうんですよ……」

するると、突然、角が大声で笑い出した。

「ははーん、わかったぞ。君は、僕を使おうとしているな。この店の大ファンである僕をこの店に連れてきて、渋る大将を一緒に口説き落とそうと、そういう魂胆だろう」

角のテンションが上がっている。

「ちょっと、ちょっと、大将。聞きました。いやね、ポテサラの日本一を決めるコンテストにこの店が出なかったら、みんな納得しないでしょう」

山田が呆れた表情で両手を広げた。

「勘弁してよ。いや、彼には言ったけどね、そんなイベントのために、この店を休むわけにはいかないでしょ。うち、予約で二ヶ月先まで埋まっているんだからさ」

角が「なるほどね」と、ゆっくり頷いた。「それは確かに無理だな」

山田が、「ほらね」と笑い声を上げた。

「亀助くん、君が本気なら大将が言っていることに対して、なにかいいアイデアはないのかい」

亀助はここぞとばかりに背筋を伸ばした。

「はい、考えました。まず、大将は会場に来ていただかなくて構いません。こちらに食材をお送りしますから、一〇〇人分のポテサラを作っていただけないでしょうか。我々スタッフが、引き取りに参ります」

角が「うんうん、なるほどね」と頷いてくれた。

「僕はね、もちろん、山田さんが出たら勝つと思うよ。でも、万が一負けるリスクもあるわけじゃない。インセンティブというか、優勝した時のメリットは何があるの？」

決して打ち合わせをしたわけではない。だが、角が重要な点を鋭く突っ込んでくれたので、亀助は用意していた言葉をすっと引っ張り出すことができる。

「はい、今回、出演料や優勝賞金というのも考えましたが、それだと無粋な気もしました。そこで、参加店には十勝産のジャガイモなど、旬の野菜を一ヶ月分、そして、優勝店には一年分、毎月十勝産の野菜をお届けする、ということになりました。それでどうにかご参加いただけませんか。この通りです」

「それは料理人にとっては、最高のご褒美だね！」

亀助は角の目を見て頭を下げると、今度は立ち上がり、山田に向けて深々と腰を折った。この件は、島田にも了解を取ってある。

「ほお、なるほどね。具体的な解決策ですが、大将、どうですか。彼も山田さんのポテサラが大好きで、その一心でこうして何度も頼んでいると思うんです。日本にいる《やまだ》のポテサラファンは美人の若奥様やご家族だけじゃないんですから」

どこかで聞いた言葉だなと思いながら、亀助は恐る恐る顔を上げてカウンターの様子をうかがったが、山田は腕を組んだまま目をつむり、しばらく黙りこんでしまった。

「お、亀助くん、これは押せばいけるな」

「ちょっと、茶化さないでくださいよ。僕は本気なんですから」

亀助が慌てて言うと、角が再び大声で笑い出した。

だが、その後も角の掩護《えんご》射撃が続き、結果、亀助の狙い通り、山田を口説き落とした。

さらに、店を出て角に最後の四皿目について相談した結果、その勢いで築地にある海鮮居酒屋《海の宝石箱》にタクシーで向かうことになり、そのまま店長の佐藤《さとう》に交渉して、もう一皿は海鮮ポテトサラダに決まった。


そして、ついに当日を迎えたのだ。

「すごいね。チケットが一瞬で売り切れたんでしょ」

荒木に褒められて亀助は得意顔で白い歯を見せた。角の協力もあり、様々なメディアから取材を受けて期待と注目も高まり、外食ブロガーや料理評論家もアサインする中、一般客一〇〇枚分のチケットが即ソールドアウトしたのだ。

「うん、まあ、社長の狙いが当たったってことかな」

「でも、店をセレクトしたのは探偵だし、すごい人気店ばっかりでしょ。神楽坂の《やまだ》さんも口説き落としたって」

「ポテサラ党の角さんのおかげだけどね」

亀助は会場のステージに目をやった。

二人のスタッフを引き連れてやってきた、吉祥寺のポテサラ専門店《ポテコ》代表の小谷美帆が仕込みを行っている。その隣では、神保町のロシア料理《モスクワ》のソフィアがシルバーのボウルに山盛りになったポテサラをひたすら小皿に取り分けている。

美しい二人の姿をフォトグラファーの今井《いまい》が撮りまくっている。

少し離れた場所では、築地の海鮮居酒屋《海の宝石箱》の佐藤が黙々と盛り付けをしている。なんと、十勝の広尾町《ひろおちょう》から取り寄せた旬の毛ガニとバフンウニ、イクラをすべて使うらしい。ウニは夏が旬という認識だったが、広尾町では冬から初夏にかけて濃厚なバフンウニが豊富に獲《と》れるという。それにしても、なんと贅沢なポテトサラダだろうか。

「探偵は、だれが勝つと思う？」

荒木に問われて、亀助は天井を見上げた。

「ここだけの話だけど、やっぱり、個人的には、頼み込んでやっと出てもらえることになったから山田さんに勝ってほしいかな。じゃないと、気まずいよね……」

「わかるけど、わたしは忖度《そんたく》なしで投票するからね」

亀助は、苦笑いをした。

「あ、ごめん。奈央ちゃんも仁先輩も、関係者だから投票権はないんだよね」

「え、そうなの。早く言ってよ、もう」

亀助はその時はまだ、それから起こる怪事件を知る由もなかった。

3

イベントの開始時間は十九時で、開場は十八時半だ。開場までもう一時間を切っており会場内の緊張感が高まっている。一般の参加者よりも一足先に、十人の審査員は半数近くが到着していた。

会場のキッチンでは、慌ただしい作業はひと段落している。亀助は現場責任者として、どこの店舗も提供の準備が完了していることを確認していた。

なにか準備に抜かりはないだろうか。投票は、いったいどんな結末になるのだろうか。

吉祥寺のポテトサラダ専門店《ポテコ》、神楽坂の和食店《やまだ》、築地の海鮮居酒屋《海の宝石箱》、神保町のロシア料理店《モスクワ》の四つ巴《よどもえ》の戦いだ。

特色も異なる四皿が登場することになった。来場者は全種を食べて投票するため、四種×一〇〇皿分のポテサラがすでに準備できている。

トッピングやアレンジは北海道十勝産の食材を使うことが条件になっている。《海の宝石箱》がなにをトッピングするのか多くの人たちが気になっていたようだが、バフンウニとイクラ、さらに毛ガニを使うということで、審査員もテンションが上がっている様子だった。予算の上限は設定していなかったし、そんな豪華なポテトサラダが登場することを亀助自身、望んでいた。しかし、他の料理人からアンフェアだというクレームが出る可能性は否定できないと懸念を抱き始めた。

大本命と思われている《やまだ》は作り立てではないし、イベントにスタッフが参加していないため、ハンデを背負って技だけで勝負するようなものだ。

亀助はドリンクコーナーに移動して、写真を撮った。地ビールの〝帯広ビール〟に、十勝ワイン、日本酒の〝十勝晴れ〟、ジャガイモ焼酎〝インカの目覚め〟など、ポテトサラダとの相性が良いお酒も充実させた。

「俺もね、ポテサラ、楽しみなんだよ。うちのビールと絶対相性いいわ」

〝帯広ビール〟は、ベルギービールから影響を受けて作られている。〝麦日和〟という種類はウィンナースタイルビールだ。アロマホップの香りがよく、スッキリとしたキレがある。一方、〝クロウト〟はシュバルツスタイルビールで焙煎《ばいせん》麦芽のほろ苦さを引き出した深みの強い黒ビールだ。

大吟醸〝十勝晴れ〟は十勝にある音更町《おとふけちょう》の水田で栽培された酒造好適米〝彗星《すいせい》〟を

使用した日本酒だ。カルシウムの豊富な地下深層水を仕込み水に使っている。香りが良い。ほんの少しだけ口に含む。すっきりとしたフレッシュさがあり、ややフルーティな味わいで、喉越しも良い。〝ぱんぱか〟という小麦の焼酎も取り寄せた。パンのような含み香がある。大麦で醸造した焼酎は全国に数多くあるが、小麦で醸造するのは珍しい。

今回は、十勝産小麦を使ったパンも取り寄せている。これだけの内容で、不満を持つ人はさすがにいないだろう。

さらに時計の針が進んで十九時になった。会場も埋まってきたので、細身のグレースーツに身を包んだ島田が壇上に上がった。カメラを手にした人々の注目が集まる。プレゼンテーションは慣れている男だ。

「みなさま、今日は、グルメサイト〝ワンプレート〟が企画した記念すべき最初のイベントにお集まりいただき、ありがとうございます。スタッフで話し合いまして、みんなに愛されるグルメサイトとして、みんなに愛されるイベントにしようではないか、ということで、メインコンテンツはあえて、国民食であるポテトサラダにしました。しかし、ただのポテトサラダではございません。今日は、北海道十勝にある幕別町から取り寄せた最高のジャガイモ〝インカのめざめ〟を使いまして、東京の一流シェフたちが、趣向を凝らした最高のポテトサラダを作ってくれました。ポテサラというと、私が思い出すのはお袋の味ですが……」

島田が少し間を溜《た》めた。

「あ、興味ないですか？　長いですね？　わかりました。それでは、私の挨拶はこれくらいにしまして、次は、多大なるご協力を賜りました〝全日本ポテサラ党〟の党首、角勝さんに、乾杯の音頭をお願いいたします」

少し笑いが起きたところで、続いて、角勝が壇上でマイクを握った。

「みなさま、わたくし、ポテサラを愛して五十余年になりますが、こうして、ポテサラを愛してやまないみなさまと、こんなにワクワクするイベントに参加することができて嬉しゅうございます。いやあ、僕もポテサラの思い出というと、母親が……」

さっきよりは少し笑い声が増えた。

「あ、こういうのもいらないですね。じゃあ、ポテトサラダの特長といえばなんですか？」と呼びかけると、「料理時間が短いことです」と、自ら説明し、「今日の特別な料理は手間がかかっていますが」と補足した上で、「スピーチも短めに」と早々に切り上げた。島田の冴《さ》えない冗談まで回収するとは、さすがは角のスピーチだ。

「それでは、世界平和に貢献してきたポテトサラダに、乾杯！」

ほどなく、料理の提供が始まった。

順番にすべての料理が行き渡るオペレーションになっているのだが、最初に人気が集中したのは、《海の宝石箱》の海鮮ポテトサラダだ。

ウニやイクラなど、海鮮を使っているだけに、鮮度がよいうちに楽しみたいというのは正しい考え方と言えるだろう。食べる前に、スマートフォンで写真を撮っている人が多い。

司会者が、「数は人数分、すべてご用意しておりますので、チケットと引き換えでお取りください」とアナウンスする。

「美味しい！」

口々に歓声が上がった。

荒木と河口らは関係者席で事前にすべての料理を確保していた。

亀助の目の前で荒木と河口が箸を使って一口をかきこんだ。

「これは、やばいね！　探偵も食べなよ」

荒木が笑顔ですすめてくるので、亀助はさきほど食べたばかりだが、一口いただく。

カニ味噌《みそ》の濃厚な旨味と毛ガニの身、そして、ペースト状にした〝インカのめざめ〟の甘みが程よく絡み合っていた。マヨネーズはかなり少量にしたようだ。野菜の具材はジャガイモと、タマネギだけだ。確かに、ニンジンやキュウリは入らない方が、魚介の旨味や食感が引き立つ。濃厚なウニとイクラ、毛ガニがケンカせずに絡み合っている。イクラとウニがたっぷりとのって色味も鮮やかで、すべてが計算され尽くした相性だ。

河口もご満悦の表情で、十勝ワインとのマリアージュを楽しんでいる。

河口のアドバイスを受けて、赤ワインの一本目はヴィンテージの〝清見〟を選んだ。醸造後、フレンチオーク樽《だる》で一年間じっくり熟成させている。爽快な酸味とブーケが広がるワインだ。

赤の二本目は、〝ピノ・ノワール〟だ。木いちごを思わせる果実の香りがあり、こちらも軽快な酸味とほどよいコクがあり、ポテトサラダとの相性がよかった。十勝ワインについて調べてみると、スパークリングから、ヴィンテージワイン、ブランデーなど、五十種類以上の銘柄があったので、選ぶのも亀助にとっては楽しかった。

荒木と河口が次に手にしたのは《ポテコ》のスープポテトサラダ〝とかちスペシャル〟だ。今回のイベントに合わせて新たに作ったスペシャルメニューで、十勝産のチーズやベーコンなどを組み合わせた贅沢な一皿だ。

口当たりはとてもなめらかだ。マッシュポテトを十勝産の牛乳で溶いてペースト状にしている。そこに、十勝産のチェダーチーズをたっぷりトッピングしているのだ。

十勝の食材同士の相性は期待以上に抜群だった。十勝産の牛乳に加え、芽室《めむろ》産のスイートコーン、さらに帯広の牧場で育てられている放牧豚の〝どろぶた〟の生ハムとベーコンをオーダーしてきた。どろぶたは、「どろにまみれてよく遊ぶ豚」をコンセプトにしている。通常の放牧豚よりも時間をかけて育てているため、より大きく成長し、赤身にも脂がのっている。

今回のイベントは女性好みだろうなと思いながら、会場を見渡してみる。応募は先着順に受け付けたのだが、女性が七割くらいだった。

《モスクワ》のポテトサラダは、あの日亀助が出会った一皿のボリュームを下げて忠実に再現していた。鳥の胸肉は、十勝の中札内村《なかさつないむら》から〝田舎どり〟を提供したが、料理人であるソフィアの父親は「コクと旨味が深く、肉の臭みがない」と、とても満足したようだ。サワークリームに使う生クリームも当然、十勝から取り寄せた。

「これは、絵になるね」と、荒木が何枚も写真を撮っている。

「しかも、美味しい。酸味はちょっと強めだけど、なんか、ホッとする味だな」

河口が赤ワインを片手に、満足げな笑みを浮かべた。

料理人の席に目をやると、ソフィアが忙しそうに準備をしていた様子だったが、ひと段落したのか、スープポテトサラダを食べている。

「うん、食感もいいね」と、荒木が頷いている。

荒木と河口は、最後に《やまだ》のポテトサラダに手をつけた。

「確かに、これぞ王道だわ。これは毎日でも食べたい味だね。こういう時に料理人が不在というのがどう影響するだろうね」

荒木がポツリと気になることをつぶやいた。それは影響があるのかもしれない。四皿を食べ終えた客も増えてきた様子だったので、チーズやどろぶたのソーセージ、生ハムなどの提供も始まった。

想定外の事態が起きたのは、その時だった。

小さな悲鳴のようなものが聞こえた後、会場内がざわつくのを感じた。亀助が振り向くと、女性客がしゃがみこんでいて、付き添いの女性が背中をさすっている。近くにいた女性が口を両手で塞いでいるが、声を上げたのはこの人物のようだ。

なにか持病でも悪化してしまったのだろうか。すぐにスタッフが駆け寄った。

だが、背中をさすっていた女性が突然、「ちょっと、あなたね」と、声を荒げてスタッフを怒鳴りつけた。スタッフが詰め寄られているところに、急いで近づく。

「北大路さん、こちらのお客さんが……」

女性客二人組のようだ。怒っている女性は、三十代くらいだろうか。

「あなた、あの苦味のあるポテサラを食べた？」

亀助は、何を意味するのかがわからず、あいまいに首を捻《ひね》った。

「どちらのポテトサラダのことでしょうか」

女性は、目を吊《つ》り上げたまま、亀助との距離を詰めてきた。

「あれ、きっと毒よ。ジャガイモが持っているソラニンって毒を知ってる？　死亡することもあるほどの毒なのよ」

亀助の質問とはかみ合わないことを口走ると、今度は、畳み掛けるように、スマートフォンでサイトのページを見せてきた。

〈ジャガイモの食中毒に注意しよう!〉というページだった。

「ほら、見てよ。食後二十分後くらいからこういう症状が出るんだって」

〈嘔吐《おうと》、腹痛、目眩《めまい》、下痢、幻覚など〉とある。

「この子が気持ち悪いって言って体調を崩してから、わたしも、目眩がしちゃって……。人の心配している場合じゃないかも。ねえ、あんな毒入りのポテサラを出して、あなたたち、どういうつもりなの?」

亀助は内心、腸《はらわた》が煮えくり返りそうだった。最高の四皿を集めた自負があったのだ。

「それは大変失礼いたしました。あの、どちらのポテサラに違和感があったのでしょうか」

「そ、それは、一番シンプルだったやつよ」

《やまだ》のポテトサラダにいちゃもんをつけたいということなのだろうか。

「それより、こっちは体調不良になっているんだから、どうにかしなさいよ」

万が一ということがある。健康被害を訴えている以上、最善のケアをすべきだろう。

「会場内には救護室のご用意がございますので、そちらにご案内いたします。もしもの時は救急車をお呼びいたします」

女性が、急にうろたえた。

「そこまでは言ってないでしょ。この姿を見て救急車を呼ぶ状況に思える？　あなた、バカにしているの？　言葉に気をつけなさいよ」

亀助は頭を下げつつ、指の爪が膝に食い込むのを感じた。ほどなく、島田が急ぎ足でやってきた。

「代表の島田と申します。お客様、どうされましたか」

「だから、わたしたち以外にも被害者がいるかもしれないんだから、アナウンスしなさいよ。イベントは中止でしょ」

亀助は島田と目を合わせた。島田の目にも怒りの色がありありと浮かんでいる。

「それから、せめて参加費は返すべきじゃないの」

女性の視線が亀助に突き刺さる。

「申し訳ありません。まだ詳しいことはわからないので、一旦、救護室でお話をお伺いできればと思うのですが……」

島田が相手をじっと見ながら言う。

「なにがわからないっていうの？　わたしもわたしの友達も味に異変を感じたの。美味しくなかったというより、はっきりと苦味を感じたの。あなた、なんなの？」

「すみません、まずは救護室にご案内させてください。あなたではなくて、こちらの女性がずっとうずくまっていらっしゃいますから」

島田の迫力に、言い争っていた女性も渋々、頷いた。

「じゃあ、亀助くん、裏までお連れして」

ゆっくりと頷いた。

「わたしがお連れしましょうか」

突然、荒木がスタッフであるかのように現れた。亀助は角と目を合わせた。

「女性の方が細やかな気遣いをしてもらえて、よいかもしれないね」

亀助は荒木に頭を下げる。荒木は客ではあるが、状況判断といい、適任だろう。

ここは荒木に救われたが、面倒なことになってしまった。

「ご気分が少し悪くなられた参加者の方がいらっしゃったようです。もし、そのような方がいらっしゃいましたら、スタッフにお声がけください」

苦渋の決断だったが、司会にアナウンスしてもらったところ、驚くことに何人かが名乗り出てきた。話を聞くと、みな、「《やまだ》のポテサラではないか」「苦味があった」と口を揃えた。あの女性たちを先入観でクレーマーかと思い込んでいたが、そういうわけではないのかもしれない。亀助は動揺した。クレーマーと決めつけた対応をし続けていたら、場合によっては命取りになっただろう。

しかし、審査員や運営スタッフからはそういう声は上がっていない……。

それはいったい、何を意味するのだろうか。

すぐに島田、角とも話し合い、投票を中止することに決めた。司会がそれを発表すると会場からはため息が漏れた。

島田が壇上に上がって、頭を下げた。

そして、亀助が確保したポテトサラダを明日の朝一番で保健所に持ち込んで検査してもらうことに決めた。

「あの人たち、なんだって？」

ジャガイモの生産者である橋枝が心配そうに近づいてきたので、亀助が状況を伝えた。橋枝は心配そうにしながらも、首を傾げている。

「いや、正直、俺は、めちゃくちゃ美味しかったけどね……。確かに、〝インカのめざめ〟は、芽が出やすいんだわ。それは間違いない。でも、ポテサラを作るときに、料理人だったら、芽を取るべさ……」

亀助も気になっていたことだ。

「山田さんは一流の料理人ですし、あの女性の発言を聞く限り、どうせ、クレーマーの言いがかりだと思っていましたが……。他にもいらっしゃいましたので、もしかしたら、何かの手違いがあったのかもしれません」

《やまだ》にこだわったのは亀助なのだ。料理の腕を信頼してオファーを出している。

「橋枝さん、僕が調べた限り、実際、スーパーで売っているジャガイモでソラニン中毒が発症する可能性は低いと書いてありました。その認識は合っていますか？」

　橋枝が、わずかに頷いた。

「そうなんだわ。素人とかが、家庭菜園なんかでさ、芋を土にしっかり埋めてないと、日光が直接当たってしまうんだわ。それでちゃんと処理をせずにやった場合なんかにソラニンが出るんだけどさ、そういうケースは滅多にないんだわ」

　今度は、角がやってきた。

「クレーマーの言うことを簡単に信じちゃダメだからね。だって、毒が出たなんて証拠はないんでしょ。事実確認は必要だけどさ」

　角が腕を組んで「どうするのがいいかな」と考え込んだ。

「ええ、確かに。でもクレーマーと決めつけるのは慎重になった方がよさそうですね。ただ、山田さんに、ジャガイモの芽はちゃんと取りましたか？　って聞くのは、ケンカを売るようなものですよね……」

　角が首を傾げる。

「いや、でも絶対におかしい。あの職人気質《かたぎ》の山田さんが、ジャガイモの処理を間違うはずがない」

　亀助もそのことは考えた。

「まあ、同じジャガイモを使っているわけですからね」

亀助はすべての料理人に平等に、十勝から取り寄せた新鮮なジャガイモ、にんじんを渡した。しかも、名うての職人が処理を間違うわけがないと確信していた。

「きっと、何か、裏があると思うんです」

「うん、まあ、あの女性も過激だったけどね。なんなんだろ。山田さんに因縁でもあるのかよって怒り方だったよな……」

撤収の時間が近づいてきてしまった。なんとも、後味が悪い状況だ。

司会者のアナウンスがあったこともあり、続々と参加者が引き上げていく。

投票をしていれば勝つ自信があったであろう、小谷美帆が悔しそうな表情を浮かべながら後片付けを行っていた。

「小谷さん、本当にお疲れ様でした」

「北大路さん、お疲れ様です。なんだか、災難があったみたいで」

「ええ、ちょっと後味の悪い感じになってしまいました。ご心配をおかけしてすみません」

「いいえ、わたしは、良質な〝インカのめざめ〟をこの目で確かめましたから、何も心配していませんし、参加してよかったなと、心から楽しめました」

「そう言っていただけたら、何よりです。どのポテサラも、本当にすばらしい味でしたよね。《海の宝石箱》の佐藤さんもおっしゃっていましたが、今回、予算の上限設定を設けなかったので、最終的に食材の差が出てしまったのかなと……」

　小谷は首を振った。

「それはわかっていて出ていますから。最高の食材も取り寄せていただきましたし、気に入ったので、お店でも使います。そして、また次回開催された時には、リベンジしたいです」

　亀助は小谷の上昇志向に驚いていた。

「正直言って、わたしは、《やまだ》さんのポテサラが勝つと思っていました。初めていただきましたが、やっぱり、美味しいですね。〝インカのめざめ〟は冷めても美味しいですが、欲をいえば、作り立てを食べてみたかったです」

　小谷は、異変を感じなかったようだ。

「ただ、ちょっと厳しい意見になるかもしれませんが、次は正々堂々と戦う人だけで勝負したいです……」

　亀助は誰に対しての言葉なのかがわからなくて、「え、それは?」と聞き返した。もしかしたら、亀助のことを批判しているのだろうか。

「《やまだ》さんのことですよ。みんな同じ状況で勝負しているのに……」

　なるほど、亀助のことではなかったが、決して他人事《ひとごと》ではない。

「まあ、でも大将の山田さんが嫌がっているところ、僕が無理を言ってお願いしたもので申し訳ない気持ちはありますね」

亀助は居たたまれない思いで、俯いた。

「それは負けるのが怖かったからでしょう。だって、言い訳にできるもの。でも、はっきり言ってそれはみんな同じだと思うのです。負けるかもしれないリスクを背負って戦うことにした」

そう言われてしまうと、ぐうの音も出ない。

イベントの撤収作業を行っていたところ、荒木から着電があった。すぐに出る。

「もしもし。いま、どこ？　どうだった？」

〈うん。念のために病院で検査したところ。お医者さんが食中毒の症状はないって〉

そっと胸をなで下ろす。

「まだ、怒っている感じ？」

〈うん、《やまだ》さんのポテトサラダは苦味がひどくて不味《まず》かったって、言い続けているけど……〉

「そっか。明日、ポテサラの検査をするからさ。ちゃんと、会社で協議してから、ご連絡しますって伝えてもらえるかな」

〈うん、オッケー〉

亀助は一連の顚末《てんまつ》を伝えるため《やまだ》に電話をしたところ、女将が対応してくれた。「まあ、そんなことが……」と同情してくれたが、改めて明日、説明に行きたいと伝えた。

4

翌朝、亀助は銀座に最も近い中央区の保健所に、皿ごとサランラップに包んだ《やまだ》のポテトサラダを三皿持ち込んだ。事情を説明した上で、「なるべく急いで検査してほしい」と伝えた。

ポテトサラダからソラニンが検出された場合を想定しておかなければならない。自宅に戻り、Ｍａｃを立ち上げて検索をかけると、様々なメディアに記事を書かれていた。

〈グルメサイトを運営する株式会社ワンプレートが主催して、ポテトサラダのナンバー1を決めるイベントが開かれた。高級ジャガイモ〝インカのめざめ〟に加え、北海道産の食材で作ることを条件に都内の人気四店が集結。築地の海鮮居酒屋《海の宝石箱》のウニとイクラと毛ガニのめざめ、吉祥寺のポテトサラダ専門店《ポテコ》のスープポテトサラダとかちスペシャル、神保町のロシア料理《モスクワ》のオリヴィエサラダ、そして神楽坂の小料理屋《やまだ》の王道ポテトサラダが提供されたが、体調不良を訴え

る参加者の声で、投票は中止に――〉

コメントを見ると案の定、「王道のポテサラだけで勝負しろ」「ウニ使うのせこいだろ」「予算揃えてないのかよ」「ポテサラはシンプルが一番」「ソラニンには気をつけろ」などといった批判の言葉が躍っている。

どれも想定内の批判ではある。現代のネット社会では、一定層、炎上させたがるユーザーはいるのだから仕方ない。

今度は、ツイートを見てみたが、かなりリツイートされているものを見つけた。

〈ワンプのポテサラライベントに参加したけど、あるポテサラに苦味を感じて気持ち悪くなった。完全にソラニンが出ていたし、あんなの出すなんて最悪なんだけど。主催者の対応待ちなう〉

〈問題のポテサラをだしているのは神楽坂の名店らしい。でも料理人は忙しくて会場に来られないって、主催者がんばれよwww〉

顔写真が載っていないが、昨日、クレームを言ってきた女性に間違いないだろう。他の参加者からも、苦味の指摘はあったが、対応を迫られているのは、あの女性二人組だけだ。

これはまずい。明らかに炎上を狙ったツイートで、思いっきり炎上している……。

こちらも島田にすぐ電話で報告をした。

〈マジかよ……。すぐに、ポテサラの分析を進めてくれや。なにがあったのか、すべてを突き止めてくれ〉

「はい……。これから《やまだ》さんにお詫《わ》びに行って、話を聞いてきます。なんとか、事件を解決したいところですが……」

亀助はすっかり弱気になっていた。

〈ですが、なんだべ?〉

「そう簡単には、見つからないかもしれません」

〈そこをなんとかするんだべ〉

苛立《いらだ》つ島田の声を聞くのは久しぶりだった。


亀助は重たい足取りをなんとか持ちこたえて《やまだ》に向かった。仕込みを行っているはずだ。

もしかしたら、殴られるのではないだろうか。ドアを静かに開けて、「すみません」と呼びかけた。

「なにしに来たんだ」

中を覗《のぞ》き込んですぐ山田と目があったので、亀助は再び頭を下げた。そして、店に入ろうとしたところで、女将に制止された。

「今日はちょっとやめておいた方がいいかも」

それだけ、山田がご立腹ということなのだろう。

「すみません。山田さんにどうしても」

「あんたの顔なんて、みたくないわ」

山田の冷たく乾いた声が中から響いた。

「山田さん、申し訳ありません。でも、聞いてくださ――」

亀助は意を決して中に踏み込んだ。カウンターの中にいた山田が、拳をまな板に打ち付けた。鈍い音が響く。緊張感が走った。頭が地面につくくらい、亀助は腰を折って静止した。

「だから、俺は出たくなかったんだよ。なのに、あんたが何度もしつこく言うから」

恐る恐る顔を上げると、山田の腕には青筋が立っている。再び亀助は頭を下げた。

「俺はネットとか大嫌いなんだわ。急に店を休むときのためにツイッターはやっていたけど、変な女に絡まれて、朝から頭に来てたんだわ。どうせ、今回のクレーマーの一人だろ。あんた、疫病神だわ。じゃあな、二度とこの店に足を踏み入れるなよ」

山田が深いため息をついた。

「それを調査中でして、真実はわかりませんが……。責任をもって必ず解明します。いずれにせよ、我々に保管方法など、落ち度があったことは間違いありません。本当に申し訳ありませんでした」

亀助はめいっぱい腰を折った。

「山田さん、なんとしても犯人を見つけ出します。例えば、ツイッターで絡んできた女性なんか、なにか、思い当たることはありませんか？　恨みを買うようなことなんて、あるわけないですよね……」

山田が腕を組んで首を捻った。

「いや、まあ、席が埋まっていて、予約はお断りすることがほとんどだから、嫌味を言われることもあるけど、そんなことで、こんな嫌がらせをするのか……」

心配そうに様子をうかがう女将と目があった。

「すみません、〝インカのめざめ〟ですが、すべて使いきってしまいましたか。まだ残っているものはあるでしょうか」

「ああ、いくつか、あるはずだわ。ちょっと中にこい」

山田が袋を取り出す。亀助は「あ」と、叫んだ。〝インカのめざめ〟は、リンゴと一緒に入れられていたのだ。

リンゴから出るエチレンガスが、ジャガイモの芽を出にくくするというのは常識だ。山田はそういう基本を徹底する男なのだ。

「では、いただいていきますね。時間は経過していますが、このジャガイモからあの時に出たソラニンが作られるかどうかはわかるはずですから」

山田はやっと、亀助が本気で濡《ぬ》れ衣《ぎぬ》を晴らそうとしていることに納得してくれた様子だ。ホッと一安心したのだが……。

「ところで、今回、被害を訴えてきた二人はこちらの方です。随分怒りが収まらない様子なのですが、過去のトラブルなどで、見覚えはありませんか」

亀助は応募データから調べた二人のフルネームを見せた。女将も覗き込む。

「そんな名前、聞いたこともねえよ。怒りが収まらないのはこっちだろ。得体の知れないクレーマーなんて、金輪際、もう関わりたくねえ。もう調べなくたっていい」

見た途端、山田が烈火のごとく亀助を怒鳴りつけた。言葉選びがまずかったか。

「待ってください。山田さん」

女将が亀助の袖を引っ張って外へと連れ出した。

「北大路さん、店ももう始まりますし、今日は、もうどうかお帰りください。大将が言っている通り、もう調べる必要はありません」

すると、目の前のドアがいきなり開いた。

「もう二度とうちの店の敷居をまたがないでくれ。これ以上、なにも調べるな。いいか、絶対だぞ」

山田が持っていた塩を亀助にかけようとして、やめた。亀助はこれ以上、いまは何を言っても逆効果だと考えて、逃げるように店を離れた。

〝インカのめざめ〟を握りしめる。なんとしても、無実を証明しなければならない。

亀助は山田から受け取った〝インカのめざめ〟を再び保健所に持ち込んだ。警察を巻き込む事件になったと大袈裟に伝えて、検査を依頼する。

すると、さきほどと同じ担当者の女性が神妙な面持ちで「実はちょっと話があります」と切り出した。

「ソラニンをはじめ、毒は一切検出されませんでした」

「え、そうなんですか」

亀助は驚きつつも、「やっぱり、そうですよね。よかった」と胸をなで下ろしていた。

「ただ……」と言い淀《よど》む。

「ただ、なんですか」とすぐに切り返した。

「シュウ酸の成分が検出されました。一般的には〝アク〟と呼ばれているものです。表面にだけです」

しかも、人の体調を崩すほどの量ではないという。

「アク、ですか。それも表面にだけ……」

「そうです。タケノコとか、ああいうものを煮た時に出てくる成分です。水分量の比率からいって、かなり濃度の高い液体ということになると思います。つまりソラニンは出ませんでしたから、このジャガイモを調べる必要はないかと——」

亀助は持ち込んでいた〝インカのめざめ〟を見つめた。

「確かに……」

担当者の見解によれば、ポテトサラダの表面にだけアクが検出された。つまり、完成して盛り付けられてから、スプレーのようなもので液体をかけられたのではないかということだった。

《やまだ》のポテトサラダだけは、小皿に盛り付けられた状態で運び込まれた。十七時前には会場の冷蔵庫に入っていたのを亀助も確認している。

その後、何者かが、アクが濃縮した液体をスプレーで噴射したということなのか……。

「あの、例えばですが、市販のタケノコをかき集めて煮て、高濃度の液体を作ることは可能ですか」

相手が首をゆっくりと縦に振る。

「ええ、やろうと思えば、苦味とえぐみのある液体ができるでしょうね」

「なるほど……。料理人であれば、それも簡単にできるでしょうね」

「でも、誰がそんなことをするのでしょう」

亀助は唇を嚙《か》み締めていた。

「イタズラでやったことには見えませんね。でも、必ず、犯行目的があるはずなんです。このポテサラを作った料理人は、事前に会場には来ないと、みんながわかっていましたから、もしかしたら、誰かがチャンスだと考えたのかもしれません……」

「まあ、人が口に入れるものだというのに恐ろしい」

担当者が眉間にしわを寄せた。

「アクなら、人体への影響はありませんからね」

亀助は両手を組んでいた。

例の二人組をはじめ、参加者が犯行に及ぶのは無理があるだろう。

これは、途端に事件性を帯びてきた。まずいな。

亀助はすぐに島田に報告した上で警察に相談することにした。

会場は銀座ということもあり、以前、世話になったことがある築地署の刑事・山尾《やまお》に連絡を入れることにした。

「山尾さん、実は弊社でイベントを開催したのですが、ちょっと困ったことが起こりまして……」

〈北大路さん、今度はいったいなんですか〉

亀助は概要を説明し、今日中に築地署に足を運ぶ旨を伝えた。

犯人は山田を追い落としただけでなく、ワンプにまで痛手を負わせることになった。

許すわけにはいかない。

　亀助は、築地署を訪れた。刑事の桜川《さくらかわ》と山尾のコンビには、これまで様々な事件に巻き込まれたことで、随分と世話になっていた。亀助の父親・重太郎《じゅうたろう》が警察庁次長ということもあり、いつも丁寧な対応をしてくれるため、亀助は二人を頼りにしている。

「今日、保健所に相談したのですが、ポテサラから検出されたアクは、微量で人の体調に影響を及ぼすような量ではありませんでした。また、今回、十勝の幕別町から〝インカのめざめ〟という人気の品種を取り寄せましたが、まったく同時期に収穫されたジャガイモを同じ数だけ料理人には送りました」

　桜川も山尾も黙って頷きながら亀助の話を聞いていた。

「なるほど。ある程度、毒、いや、アクを仕込んだタイミングや状況はイメージできますが、動機が気になりますな。何の目的でやったのか」

　亀助は目を瞑《つむ》った。

「今回、被害に遭われた山田さんは居酒屋界では一目置かれている料理人です。予約困難なお店をなさっていますので、正直、こういったイベントでアピールされる必要はありませんでした。こちらから、嫌がるところをどうしても出て欲しいとお願いした経緯があったんです」

「なるほど。だとすれば、今回、そのコンテストで一位をとる可能性は高かったと亀助さんはお考えですか」

桜川はじっと亀助の目を見つめてきた。

「正直、どうなったかはわかりません。それぞれがとても個性的で輝きを放っていたので、票は分かれたと思うんですよね……。しかし、イベント開催前、山田さんが勝つと考えていた人は多かったというのは間違いないでしょうね」

亀助が答えると、桜川が続けてきた。

「それはつまり、他の参加者に山田さんに勝たせないようにしたい動機が働いたのではないか、ということですか」

亀助は拳を握りしめていた。痛恨の思いを噛み締める。

「はい、これは私の責任もありますが、事前に、山田さんご本人は不参加だということを他の関係者に伝えてありました。ですから、隙を見て犯行に及ぼうとした可能性も否定できません」

今度は、山尾が投げかけてきた。

「例えば、そのイベント会場にポテサラを運んできたスタッフが、実は大将に恨みをもっていた、なんてことはないでしょうか?」

亀助は、《やまだ》へ引き取りに行ったスタッフの顔を思い浮かべた。

「それはないでしょうね。信頼できるスタッフたちです」

築地署を出ると、島田から着信があったのですぐに出た。

〈まずいことになったわ。橋枝さんだけはずっと俺たちに同情して心配してくれているが、地元の農協の組合長をはじめ、他のみんな怒っているそうだわ。ブランドを高めるはずが、もらい事故みたいなことになって、いったいどうなっているんだって言ってるんだわ〉

亀助は天を仰いだ後、ため息をついた。そうなるのも無理はない。

これで、十勝産のジャガイモは品質が悪いなどと言われるようになったら、風評被害もいいところだ。

橋枝の言葉が蘇《よみがえ》る。

手塩にかけて育てたんだから、頼むよ——。

5

亀助は自問自答を繰り返していた。

いったい、動機はなんだったんだ。

クレーマーだったら、もっとうまくやるんじゃないだろうか。

亀助は、神保町の《モスクワ》を訪れた。客は数える程しかいない。イベントで盛り上がっていたら様子も違っていたのかもしれない。

二人がけの席に腰を下ろして、コーヒーをオーダーした。

「ネットニュースを見ましたが、大変でしたね……」

ソフィアは事情をある程度、察しているようだ。

「そうなんですよ。まいっちゃいました。そういえば、ソフィアさんは、あの日、他のポテサラを食べてみましたか」

こっくりと頷いてから、ソフィアが目を細めた。

「はい、すべていただきましたよ。わたしは、スープポテサラも美味しかったのですが、やっぱり、《やまだ》さんのポテサラが一番だと思いましたね。なんていうか、安心するというか。毎日でも食べたくなる味ではないでしょうか」

亀助は頷いた。

「わかります。そういう視点、ありますよね。安心感のある美味しさなんですよね。ただ、お世辞じゃなくて、ソフィアさんのお父さんのポテトサラダもやっぱり似た雰囲気がありましたよ。なんていうか、その、正直、どこが勝ってもおかしくなかったと思います……」

ソフィアが「嬉しい」と言って、舌を出した。

「確かに、ポテサラに求めるものって、そういう安心感ですよね。全然、否定したいわけではないんですが、ウニとかイクラがのった毛ガニの入った海鮮ポテトサラダって、毎日は食べられないじゃないですか。あの食材は、ちょっとずるかったですよね」

亀助はロシア風コーヒーを喉に流し込んだ。テーブルの上のソーサーにカップを戻すと、カチャリと陶器が擦《こす》れる音を立てた。その瞬間、何かがつながる音が聞こえた。

そっか。手がかりは、あの一皿の中に隠れていたのか――。

「ソフィアさんにとっては、やっぱり、お父さんのポテサラが一番ですか？　お母さんのものより？」

ソフィアが満面の笑みで、首を縦に振った。

「お母さんは、わたしが小さなころに亡くなったんです。お父さんが男手一つで育ててくれたのですが、ロシアの大学に行ってもいいと言われたのに、お父さんのポテサラを食べたいから日本についてきたんですよ。わたしにとっては、世界一のポテサラなんです」

亀助は、胸にこみ上げるものをこらえながら口を押さえた。

「そうですか……。すごく、いい話だな」

「あなたは、人情味のある人ですね。最初に会った時から思っていました」

亀助が「いいえいいえ」と首を横に振ると、ソフィアが何かを思い出したように右手を挙げた。

「あ、そういえば、あの日、ずっと写真を撮られていて、恥ずかしかったですが、もしかわいく撮れているのがあったらいただけませんか？　父が見たいって言っているんです」

ソフィアが舌を出したので亀助はつい声を上げて笑った。

「それはお安い御用です。今回のお礼とお詫びを込めて、プレゼントしますよ。あのカメラマンは美しい方がいるからテンションが上がって、ついついたくさん撮ってしまったのだと思います」

いや、待てよ。

そうか、あの日、カメラマンの今井に依頼して、大量の写真を撮影してもらっていたんだ。

イベントのレポートは亀助が書くことになっているのだ。もちろん、いまはそれどころではないのだが……。

「ソフィアさん、ありがとう。大事な用を思い出したから、また今度ゆっくりお邪魔しますね」

亀助は店を出ると、すぐに今井に電話をかけた。

「今井さん、先日はどうも。連絡できていなくて、すみません」

〈いやあ、何だか、大変そうだね。俺も気になっていたんだけど、昨日は朝からずっと撮影でさ……〉

どうやら、運転中のようだ。通話が問題ないか確認すると、このままマイクとイヤホンを使って通話を続けてくれるという。

「あの、先日の撮影データってすぐに見せていただけますか」

〈オッケー。いますぐってことだろ。だったら、ＳＤカードごと渡しちゃった方がよさそうだな。いま、もう首都高だからさ、あと三十分くらいで自宅に戻るところなんだ〉

「よかった。助かります。あの日の女性客二人組の動向を振り返りたくて……」


今井の事務所兼自宅は月島《つきしま》にある。

亀助はハイブリッドバイクを飛ばした。

亀助が、チャイムを鳴らすと程なくドアが開いて、今井に手招きされた。

「ちょっとだけいい？」

頷くと、奥の部屋に案内された。

大型のＭａｃが画像を映し出している。

「まず、これなんだけどさ」

ポテトサラダが提供されようとしている中で、《やまだ》のポテトサラダのテーブル

ない。

にあの二人組がいた。

「なんか怪しいなって思った」

亀助も頷いた。真っ先に、《やまだ》のポテトサラダに狙いを定めていたのは間違いない。

「この姿なんて、キョロキョロして、挙動不審だよな」

手元まではっきりとは写っていないが、一つの手がかりではある。

亀助は小さなSDカードを受け取った。

「ありがとうございます。本当に助かります」

「ぜんぶで、一千枚近くはあると思うけどね。大変だぞ」

「ええ、やるしかありません」

亀助は礼を言ってそのまま自宅に戻った。

エスプレッソマシンに濃いめのカプセルをセットした。ボタンを押すと、激しい音を立ててマシンが動き出した。冷蔵庫から豆乳を出して、出てきたエスプレッソに注ぎ込む。

亀助は椅子に座って確認作業を進めた。枚数は圧倒的に少ないが、二人を見つけたらフォーカスして、拡大を続けていく。単純作業の繰り返しで、時間だけが過ぎていく。

そして、数時間が経過したところで、写真の中にクレームを言ってきた女性がなにやらアトマイザーのようなものを手にしている様子を見つけた。拡大して、証拠になりそうだなと思い、亀助はホッとため息をついた。

亀助は翌朝、神楽坂にあるカフェでアポイントを取った小口真理《おぐちまり》と待ち合わせをしていた。体調不良で病院に運ばれた女性の方だ。先に店に入ってコーヒーを飲んでいると、小口がやってきた。

「お待たせしました」

「いいえ、本日はお時間をつくっていただいて、ありがとうございます。ご体調はもう大丈夫でしょうか」

「お陰さまで。きっと緊急なお話でもおありなのでしょうから、構いませんよ」

「ええ、まあ」

小口は至って冷静な様子だ。亀助はコーヒーカップを口元に運んだ。

「それで、用件はなんでしょうか」

ゆっくりと頷いた。

「今回の事件について、ある程度、手がかりは摑《つか》みました。それで小口さんにお話を伺おうと思ったのです」

小口がコーヒーカップに手をつけようとしてやめた。

「まあ、いったい、何でしょう」

あまりに芝居じみているように見えたので、亀助は推理に確信を持った。

「小口さん、あなたはきっとポテサラが大好きで、特別な思い入れがあるはずだ」

小口はやや顔を赤らめ、「ええ、大好きですが、それがなにか?」と首を傾げた。

「結論というわけではないですが……。僕の推理が正しければ、山田さんのポテサラは、メニューが提供されたタイミングで、何者かに、えぐみの液体が噴射されたのではないかと考えています」

「そんなこと、いったい、誰が?」

小口が薄ら笑いを浮かべている。

「これは、その時の写真を拡大したものです。鮮度が重要な海鮮ポテサラを目当てに、多くの人が《海の宝石箱》さんのところに集中しました」

亀助はカバンから拡大写真を取り出して机にすべらせた。

小口が写真を手に取った。

「しかし、あなたたち、二人だけが、《やまだ》さんのポテサラのテーブルに張り付いていました。まるで執着しているようだ」

小口は何も言わずに、黙って亀助を見つめている。間が空《あ》いた。

「わたしたちが何のために? 動機はなんでしょうか?」

亀助はため息をついた。呼吸を整えるが、小口が犯人だという確信があった。

「実は、あなたたち二人と何かトラブルがなかったか、山田さんに名前を見せて確認したところ、突然、山田さんが、〝そんな名前、聞いたこともない！　もう調べるな〟と激怒されました」

小口の目が鋭いものに変わった。

「何もないようにはとても思えませんでした。だから、調べさせてもらいました」

小口が唇を噛み締めたまま、体を震わせている。

「山田さんは、あなたのお父さんなんですよね」

質問を投げかけてはみたが、この手の専門家である河口が裏取りをしてくれているので、否定されても証拠はある。

「あなたにとって、山田さんのポテトサラダは思い出深い大切な一皿だったんじゃありませんか。ご両親が離婚されて、山田さんはお店のファンだった若い女性と一緒になった。あなたは、それが許せなかったのではないでしょうか」

深いため息をついたあと、小口が下を向いてしまった。

「あなたたちにまで迷惑をかけて、ごめんなさい……」

亀助は立ち上がりかけて、もう一度、腰を下ろした。

「クレームをされていたのは、あなたのご友人ですか？」

小口が、「姉のように思っている従姉妹です」と、小さく頷いた。

「そうですか。すぐに認めてくれて、助かりました。山田さんに会いにいきましょう」

亀助は腕時計に目をやった。すでに仕込みをしているのは間違いない。

「あなたはお父さんに、会って伝えたいことがあったんじゃないですか。そのためにやったんでしょう」

小口が立ち上がった。

「きっと、否定はすると思いますが、山田さんも待っていますよ」

亀助は立ち上がり、伝票を持ってレジに向かった。会計を済ませて、緊張しながら、《やまだ》へと歩みを進める。小口は覚悟が決まっているからか、ためらう様子は一切ない。店まですぐだった。目の前まで来ると心臓が音を立て始める。まだ営業開始前だが、ドアに手をかけて、「すみません」と声を張り上げて一気にあけた。すぐに気づいた山田も女将も、動きを止めたまま身じろぎ一つしない。

するとと、大きなため息をついた山田が「お前は、なんてバカなことを……」と言ったまま、今度は黙り込んでしまった。女将も顔を歪《ゆが》めながら口元を押さえている。

「お父さん、わたしとリエちゃんの名前を見て〝こんな名前知らない〟って言ったのはホント？　ホントなの？　お母さんやわたしを捨てて、この若い人に乗り換えたらもうあとはどうでもいいの？」

山田も女将も反論しようという気がないようだ。

「せっかく、リエちゃんがお店に来ようとしたのに、〝予約でいっぱいだ〟って無下に断ったらしいじゃない」

「ごめんなさい。きっと、わたしに気を遣ってくれたんだと思うの」

女将がフォローを入れようとしたが、小口は女将が眼中にないようで無視をしながら、山田を睨みつけている。

「お前、とりあえず、座れ」

山田が再び口を開くと、小口がカウンターの椅子に腰を下ろした。

「お前はこの店を潰したら気が済むのか？」

「この店を潰すつもりだったら、アクなんかじゃなくて、猛毒を入れてたわよ」

亀助は思わず頷いていた。突き詰めると、女将への嫉妬なのだろう。

「北大路さん、申し訳ない。先日は嘘《うそ》もついたし、大変失礼なことも言った」

小口とは目を合わせずに、亀助に頭を下げてくる。

「いや、僕のことならいいんです。ぜんぜん、そんなのは……」

「うちのバカ娘が大変な迷惑をおかけした。育て方が悪かったのでしょうけど、こんな親だから、こんな娘に育ってしまった」

小口が亀助を見つめる。よく見ると、目に涙を溜めている。

「この責任はちゃんと取りますので。この通りだ」

山田がさらに頭を深く下げると、女将も同じように腰を折った。

「いえ、じっくり親子で話し合うのが一番だと思います。僕は、これで失礼します」

ドアに手をかけてから振り向き、頭を下げる。顔を上げると、小口と目があった。唇を噛み締めて、頭を下げてきた。冷静さを取り戻したのかもしれない。

店を出て、神楽坂の駅前のカフェに入った。深いため息をつく。事件の謎は解明されたのだが、問題は山積みだ。イベントの落とし前をどうつけるのか。

すると、着信があった。見ると、荒木からだった。

〈探偵、《やまだ》さんのツイートみた?〉

「いや、見てないけど、さっきまで会って話をしてたよ」

〈嘘でしょ。早く見なよ〉

嫌な予感がした。小口を信じて、店に残してきたのがまずかっただろうか。

「じゃあ、ちょっとまたあとで、掛け直すから」

心臓が大きな音を立てている。ｉＰｈｏｎｅを取り出して、《やまだ》のツイートを検索してみる。

〈お詫び。先日、銀座で開催されたポテトサラダのイベントにて、小店が提供したポテトサラダを召し上がった方に、一部、体調不良になられた方がいらっしゃいました。調査いたしましたところ、店主の娘らがアクの一部を提供品の表面に噴射していたことが発覚しました。まずは多大なご迷惑をおかけした関係者の皆様に、心よりお詫び申し上げます〉
〈すべて責任は店主である、わたし山田にございます。すぐに対応策を考えてまたご報告いたします〉

亀助は、深いため息をついた。荒木に掛け直そうとして、「ごめん」とつぶやきながら、島田に電話をかける。

「もしもし、島田さん。まずは、小口さんが犯行を認めてくれました。家族を捨てたことだけでなく、縁を切ろうとしたことがよほど許せなかったみたいです」

事前に、小口が山田の娘である可能性が高いと伝えていた。

〈お前……。やるな〉

「いいえ。それで娘さんと一緒に、《やまだ》さんに行ったんですが……。随分と謝られました」

〈そりゃあ、そうなるべさ〉

「で、そのあと、すぐに、ツイッターで謝罪をされていました」

島田もツイッターを確認しているようだ。

〈そうか。最悪の事態は免れたか……〉

「そうですね。まあ、監督責任でいうと、当然、我々にも落ち度はありましたから、僕も責任を痛感していますが……」

〈まあ、高い授業料がついたが、いい勉強になったしな。よし、まだ間に合うべな〉

「何に間に合うんですか」

〈飛行機だべや。いまから十勝へ飛んでお詫び行脚するぞ〉

「え、本気ですか……」

〈何をいっているんだ。当たり前だろ。いまから農協に連絡を入れるわ。お前は、橋枝さんに連絡してくれ〉

亀助は深いため息をついた。

「ええ、わかりました。なんでもありません」

不運は重なるものだ。天音とのデートのリスケは今夜になっていたのだ。とことん、ツキに見放されている。すぐに天音に電話を入れたが、留守電に切り替わった。ＬＩＮＥでお詫びのメッセージを入れる。

次に、橋枝に大まかな事情を説明して、これから飛行機で向かう旨を伝えた。

急いで自宅に戻り、北海道に飛ぶ準備を整えて羽田に向かった。

とかち帯広空港に到着後、搭乗ゲートを出ると、驚くことに橋枝が待っていた。

「橋枝さん、どうして……」

「あんたたち、なんだって、わざわざ謝りに来ることなんてなかったべや。こんなに急いでさ……」

「いやあ、この度は申し訳ないことをしてしまい……」

橋枝が手を振る。

「いやあ、まあ、ゆっくり聞かせてや。組合長たちは帯広で先に飲んでいるからさ」

「随分とお怒りでしたが……」

「いやあ、最初はやっぱり、なんだよってことになったけどさ、あんたらが悪い人じゃないのはわかっているからさ。責めても仕方ないってなったんだわ。それで、原因聞いたら、たまげたさな」

「あ、そうなんですか……」

「まあ、ちょっと、俺が脅かしすぎたかもしれんな。悪い悪い。ちゃんとさ、このあと、プロモーションをがんばってくれたらいいしょや」

「ええ、それはもう。全力で十勝産食材の売り込みに励みますので。嘘ついたら、ハリセンボンどころか、ソラニンを飲みます」

亀助は、そう約束して橋枝のクルマに乗り込んだ。

「帯広駅前に宿とったんでしょ」

「ええ、もう、今日はとことん飲みましょう。飲まなきゃやってられませんからね」

事情が明らかになり、〝インカのめざめ〟をはじめとする、十勝産食材のイメージ回復のため、今後もＰＲを積極的にすることを約束した。


そして、実際、深夜三時まで食べて飲んだ亀助だったのだが、翌朝七時に起きて、朝食前にホテル屋上の温泉に入った。露天風呂を満喫してから出て、休憩室でタオルを使って汗を拭う。すると、大きな鏡を見て、驚くべき事態に遭遇した。

「そんなバカな……」

亀助は自分の目を疑った。鏡に映った自分の裸体はおなかがぽっこりと膨らんでいて醜い。昨日もビールは二杯だけにして、三杯目からはハイボールにしたというのに……。

ゆっくりと、慎重に体重計にのる。

「うわあ……」

驚きのあまり声を上げる。自分が想像していた体重より五キロもオーバーしていたのだ。

なんということだ。

以前であれば、少し運動をすればすぐに体重が落ちた。おそらく、年齢を重ねて、代謝が落ちてしまったのは間違いないのだろう。もう二十代の頃の体とは違う。ちょっと運動をして汗をかいただけでは減らないのだ。基礎代謝を上げなければならない。

　確か、荒木の彼氏である小室敏郎《こむろとしろう》が格闘技ジムに通っていたはずだ。東京に戻ったら、じっくり相談してみるか。

# 第二話「浪速たこ焼きブルース」

## 1

「いやあ、たまにはスーツを着るのもいいというか、着ないといけないですね……」

お気に入りのスーツに身を包んだ亀助だったが、久しぶりにはいた細身のパンツはウエストが随分と苦しい。ボタンが悲鳴を上げている。ポテトサラダのイベント関連で暴食が続き、体重はかつてないほど増量している。

そんな苦しさを下腹部に抱えつつ、亀助は珍しく銀座八丁目の商業ビル二階にある〝クラブ〟を訪れた。美食クラブではなく、ホステスがいるあの高級クラブだ。

突然、島田が「お前も頑張ってくれているからな。出張が原因で失恋したみたいだしさ。たまには、クラブに連れて行ってやるわ」と言い出した。失恋危機は事実だが、亀助から「女性のいるクラブに連れて行って欲しい」などと言ったことは一度もない。

「気持ちはありがたいですが……。僕はクラブに連れて行ってもらうくらいなら、高級レストランに連れて行って欲しいですね。ワンプにも、記事を書けますし」と返した。

銀座で、キャバレークラブ、いわゆる〝キャバクラ〟だと、派手に立ち回らなければ、一万円とか、二万円程度で行けるはずだ。ただ、キャバクラではなく、高級クラブというと、おとなしくしていたとしても、一人頭で五万円くらいが相場か。ボトルを入れれば、十万円になってもおかしくないだろう。だったら、三万円の高級料理店に連れて行ってもらった方が亀助にとってはよほど嬉しい。

編集者時代、付き合いで銀座や六本木、新宿のクラブに行くことはたまにあったが、亀助にとって、クラブとは会社の社長や重役、あるいは大物作家が接待で楽しむ場所という考え方だ。ちやほやされたところで、恋愛に発展することなどないということを自覚している。

そう、素敵な出会いとか、夢や希望があるとは思えない場所なのだ。

だが、島田は取り付く島もなく、「まあ、そう言わずにたまには付き合えや。お前だって、銀座にはクラブという文化が必要なのはわかるべ」というので、仕方なく、付き合うことにしたのだ。いったい、どういう風の吹き回しだろう。

興味がないそぶりを見せつつも、結婚式くらいしか着る機会がない一張羅に身を包んだらテンションが上がった亀助だった……。

店名は、《ラ・ローズ》だ。

島田が店のドアを開けると、ほどなく、長い髪をアップにした美しい女性が微笑《ほほえ》んでやってきて、島田の腰に手を回した。アクセサリーが煌《きら》めく胸元が開いた、妖艶な黒いドレスを身にまとっている。貫禄《かんろく》もあるし、きっとこの店のママなのだろう。

「島田くん、いらっしゃい。待っていたわ。最近はなかなか来てくれなかったじゃない。仕事の調子はどうなの？」

亀助はママの言葉に関西弁のイントネーションを感じとった。恐らく関西出身なのだろう。

「うーん、まあ。ボチボチかな」

「また、美味しいお店に連れて行ってよ。最近は自慢ばっかりで、連れて行ってくれないじゃない」

「ママは、ミシュランの星付きじゃないと興味を示さないからさ」

「そんなことないわよ。わたしは美味しいのはマストだけど、コスパ重視だから」

会話から察するに、美食家でかなり有名店に通っている様子だ。そして、ママの視線が亀助を捉えた。すると、彼女が両手を叩いて飛び跳ねた。

「あら、まあ！　特別ゲストって、亀助さんのことだったのね。嬉しいわ」

胸を強調し続けるママに見つめられて亀助は動揺した。目線のやり場に困る。

ママが視線を島田に移して、「やっと連れてきてくれたのね」と島田の袖を掴んだ。

「はじめまして。サエコです。ずっと会いたかったわ。島田くんに何度お願いしても、〝あいつがモテるところを見たくない〟とかなんとか言って、連れてきてくれなかったんですよ」

サエコに見つめられて亀助は狼狽《ろうばい》した。

「は、はじめまして。まさか、僕のことをご存知とは。お恥ずかしいですが、島田からいろいろ話を聞いているのでしょうね……」

サエコが首を大きく振って頰を緩めた。

「違うわ。わたし、毎日見ていますよ。ワンプのグルメ探偵、亀助さんのレビュー」

よくあるお世辞だなと亀助は思っていたのだが……。

「先週は、有楽町で久しぶりにつけ麺を食べていたでしょ。《朧月《おぼろづき》》さん、わたしも好きでよく行くの」

亀助は心臓を鷲摑《わしづか》みされたような感動を覚えていた。銀座で屈指の人気を誇る魚介系つけ麺、それは亀助が記事にしたものだ。

「な、なんと、本当ですか」

「もちろんよ。嘘つく理由があると思う?」と、サエコが首を傾げた。

「いつも見てくださって、ありがとうございます。嬉しいな」

サエコが「嬉しいのはこっちよ」と頷いた。案内されるまま、奥のソファに腰を下ろした。サエコは亀助につく形で座った。島田の隣には目鼻立ちの整った若い女性が座り、「ミワです」と名乗った。挨拶をして簡単な自己紹介をしあった。この店で働いて二年になるというのでベテランの方だろう。島田の名札が下がったウイスキー、サントリー〝響〟のボトルが出てきた。十七年ものは高い。いったい、銀座のクラブでいくらするのだろうか。ミワが水割りを作る。

「店選びの質が下がってきたとか、記事がつまんないとか、サイトの使い勝手が悪いとか、なんか不満があったら教えてくださいね」

自分で言いながら、内心、「真面目ぶりやがって」と突っ込んでいた。案の上、「真面目！」とサエコが口元に手を当てて声を上げた。その様子を島田が冷たい目でじっと見つめている。

「うーん、でも、やっぱりね。もっと、あなた以外にも、キャラの立った書き手をどんどん育てないと」

亀助は痛いところを突かれて顔を覆った。

「ママはいつも鋭いところついてくるからな」

島田がグラスを傾けながら、身を乗り出してきた。サエコが満足げに頷く。

「ほら、見て！　うちのお店、タイプは違うけど、かわいいこ、ばっかりでしょ。しかも、外見だけじゃなくてみんな性格もいいのよ」

言われて、亀助は初めて店内をじっくり見回した。客はゆったりと一人か二人で座っている。そして、接客している女性の顔は確かに整っていて、美しい。おそらく、二十代が多いだろう。それぞれに色が異なるドレスを身にまとっていて、着物の女性も一人だけいる。

「本当ですね。美人ばかりだ」

亀助が言うと、サエコが片目だけを閉じる。

「なんなんですか、このレベル……。いったい、どうやって……」

サエコが「ふふふ。それは企業秘密」と、人差し指を口に当てて目を細めた。

確かにグルメサイトの記事と同じだ。お店に来て、好みの女性が指名されていて一緒に飲めなかったら、客は長居せずにすぐ帰ってしまうだろう。しかし、これだけのタイプの異なる美しい女性が揃っているのなら、客はいつだって来たくなり、時間を忘れて楽しんでしまうはずだ。

サエコの指摘の通りで、ワンプでは、食べログなどに比べて、そもそもレビュアーの絶対数が少ない。もっと話題になるようなライターがどんどん出てきて、良質なレビューをしてくれないと、PV（ページビュー）を稼げなくて苦しいのだ。

亀助自身〝グルメ探偵〟というキャラ作りをしている。探偵風に謎解きをしてみせるのが亀助のスタンスで、グルメレビューは「僕のレシピが正しければ」に始まって、

「また罪深いシェフの魔法を暴いてしまった」で締める。この定型フォーマットを徹底しているが、〈よくこんな恥ずかしいこと書けるよな〉と堂々とメッセージを送ってくる人間もいて、白い目で見てくる人がいることはよくわかっているが、楽しみにしてくれている人がいるのも事実なのだ。

できることなら、ワンプのライター一人ひとりにもっとキャラ作りをやってほしい。だが、これぱっかりは亀助が強制できることでもない。

「ママみたいな美食家に、ワンプで書いていただけるとありがたいのですが……」

島田が、「それは妙案だな」といって、口元に手を当てると、足を組み換えた。

「まあ。わたし、最近は写真を撮って、〝インスタグラム〟にアップしているばっかりだけど、本当は書くの、けっこう好きなのよ」

きっと、ワンプの他のメンバーがなかなか行けない高級店ばかりに行っているはずだ。キャラも抜群に立っている。

「え、それは、ぜひ！」

〝銀座の美食ママ〟で、そのままいけるだろう。おもしろい記事を書いてくれる気がする。

「ママは、相当な美食家だとお見受けしましたが、気になっているお店はありますか」

ついい、小手調べみたいな質問を投げてみると、サエコが「うーん」と、両手を組んで黙り込んだ。

「まだ行ってないんだけど、いまね、ちょっと気になっているお店というか、料理人がいるの。さすがの亀助さんも知らないはずだし、ネットには絶対に出てこないところよ」

亀助は前のめりになった。

「取材拒否の店ですか……。それは、どんなお店なんですか？」

サエコが悪戯《いたずら》な笑みを浮かべている。

「それがね、味はもちろん、料理人から店のスタイルまで、何から何までいままで聞いたこともないような、ミステリアスなたこ焼きなの」

ものすごい肩透かしにあった気がした。

「え、と……、ミステリアスな、たこ焼き、ですか？」

たこ焼きは、言わずと知れた、関西が生んだB級グルメの日本代表だ。しかし、粉もんということで、ダイエット中の亀助にとってやや魅力にかける。膨らみすぎた興味が急速に萎《しぼ》んでいく。

「あら、興味がないのね。大阪人のわたしにはソウルフードなのよ」

胸の内を見透かされた気がして、亀助は動揺した。さすが銀座のママだけあって洞察力が鋭い。

「いえ、興味はとてもありますが、実は僕、最近、食べ過ぎでダイエットしなければという状況なんです……。やはり、ママは大阪出身でしたか」

サエコは「そうよ」と言いながら、右手をスッと伸ばして、亀助のおなかに当ててきたので、思わず「ウヒ」と声を漏らして、体も反応してしまった。島田が腹を抱えて笑っている。隣のミワも手で口を押さえていた。

亀助はおなかや脇が刺激に弱く、くすぐられるのがめっぽう弱いのだ。小学生の頃は、友人からひたすら攻められていた……。

サエコが、口に手を当てながら、悪戯っぽい笑みを浮かべた。

「そんなに言うほど、おなか、出てないじゃない」

「いえいえいえ、やばいんですよ……。いま、反射的に引っ込めちゃったんです」

亀助はまた腹部を攻められるのではないかと、身構えつつ、言葉を返した。

「でもね、そのへんのたこ焼きとは違うらしいのよ。超高級たこ焼きなの」

「超高級たこ焼き、ですか……。たこ焼きといえば、庶民の味と言われていますけど、超高級とは……。すごいミスマッチですね。どこに、そんなお店があるんですか」

「もちろん、銀座よ。あ、でも、謎のベールに包まれているから、銀座にあると言われているというのが正しいかも……」

随分と思わせぶりな態度だ。

「謎のベールって……。もしかして、お祭りとかに出てくるテキヤのお兄さんが、お面でも被って、たこ焼きセットを持ってバーを渡り歩いているんですかね」

するとサエコが腕を組んで亀助を覗き込んだ。

「さすが、グルメ探偵ね」

冗談で言ったつもりだった。

「え、本当に？　そんな、お祭りみたいなことが、この銀座で開催されるんですか……。どんなたこパですか」

亀助は笑い飛ばしたが、サエコが真剣に小声で話し始めた。二十代の男がたった一人で始めた商売で、呼ばれると店に機材を持ち込んだり、複数のクラブの定休日、つまりデッドスペースを使ったりしながら、営業を続けているのだという。

「まあ、銀座で普通のたこ焼きを売っても値段はせいぜい倍にしかならないでしょうから、テナント料を払ってやるのは難しいですよね。うまいこと考えましたね」

「そうなのよ。やり手でしょ」

亀助は、《鮨《すし》 武蔵《むさし》》のことを思い出していた。店主の井上《いのうえ》武蔵は、もともとはエンジニアだったが、脱サラすると新橋駅前の手狭なお店で、昼と夜で別のオーナーと家賃を折半しながら知名度を上げて、開業資金を貯めた。そして、ネットで資金を調達できる〝クラウドファンディング〟を活用して銀座の外れに会員制熟成鮨の店を出したのだ。

しかし、その先を行っている。日本で最も家賃が高いと言われる銀座で、そんなにうまいやり方があったのか。

「具材は、ブランドの明石タコだけでなく、アワビや、カキ、ホタテ、フォアグラ、牛すじ、もつ、すべて異なるんだって。それで、十二個で六千円だったかな」

「たかっ！　そしたら、一個、五百円ということですか……」

サエコが得意になって語り始める。

「だって、素材にも、すべてこだわっていて。確か、奥丹波の高級卵とマヨネーズだったかな。あと、京野菜のキャベツ、青ネギでしょ。あとは、伊勢志摩の鰹節《かつおぶし》、和歌山の新生姜《しんしょうが》、京都の高級ソース、なんだったかな……」

「それは、ヒロタソースですかね」と亀助が投げかけると、サエコが「それ」と片目を閉じた。

どんどん興味が湧いていく。そこまで贅を極めたたこ焼きを一度は食べてみたい。

「いまね、なんとかつながろうとしているの。もちろん、このお店でやってくれたら最高だけど」

そうなれば、ぜひ呼んでもらいたいところだ。どうすればお呼ばれできるのか。あれやこれや思案していると、遠くにいた黒服の男がサエコに合図をした。

「あ、ごめんね。ちょっと失礼しますね」

サエコが亀助との会話をしながら店内の様子を見ているのは気づいていたが、別の席に行ってしまうようだ。

「亀助さん、LINEを交換しましょうよ」

言われるまま、サエコとID交換をした。

「じゃあ、ゆっくりしていってね。また、あとで挨拶させてね」

そう言うと、右手を小さく振って席を離れた。


亀助がウイスキーの水割りが入ったグラスに手を伸ばしたところ、「失礼します」と言って、若い女性がサエコの座っていた椅子に腰を下ろした。まだ二十歳そこそこではないだろうか。ピンクのドレスに身を包んでいる。黒髪のロングで、アイドルグループにいてもおかしくないレベルのルックスだった。

「あ、どうも。亀助と言います」

「はじめまして。亀助さん。アオイです」

名刺を手渡された。〝葵〟という漢字だ。

「随分と、若いよね」と、名刺から顔を上げて見つめた。

「はい、二十歳で学生なんです」

亀助は、久しぶりにこれだけ年の離れた女性と会話をするなと思った。

「クラブではあまりいない若さだよね」

「このお店では一番若いですね。至らぬ点があったらすみません」

葵が恥ずかしそうに首をすくめる。

「学生さんって言ってたけど、どんな勉強をしているの？　趣味とかは？　休みの日は何をしているのかな？」

「実は、わたし、看護学生なんです。趣味といえば、食べるのが大好きで、最近、食べ過ぎて困っているんですよ」

言葉とは裏腹に、短いスカートの下に細い足が露出している。亀助は「僕も食べ過ぎでさ」とテンションが上がって、葵の表情をチラ見した。

「看護学生って、忙しそうだけど、勉強との両立は大変じゃない？」

「ええ、実習が始まる前のいまだけですかね。わたし、自分で学費を負担しなきゃいけなくて……」

亀助は親の脛《すね》を齧《かじ》り続けていただけに、「え、偉いね」としか言葉が出てこなかった。なにを言っても安っぽくなってしまう気がしたのだ。

「サエコママが言っていたけど、このお店の子はかわいいだけじゃなくて、性格もいいって。それ、本当だね」

「そんなことないですよ」と即座に否定してくれたので、さらに好感度がアップする。

うなぎ登りじゃないか。

「あとさ、このお店はママといい、グルメな人が多いんだね」

　葵が頷いて、白い歯を見せる。

「ええ、ママは美味しいお店をたくさん知っていて、すごいですよね。たまに連れて行ってもらうんですよ」

「そうなんだね。食べログとか、Ｒｅｔｔｙとか、グルメサイトは、見たりするかな」

　葵がｉＰｈｏｎｅを取り出したが、首を左右に振った。

「ママは使うかもしれませんが、わたし、いまは、インスタで店探しをしますね」

「え、インスタで店探しをするんだ。つまり、見栄えがいいかどうかだよね」

　いまの若者は、検索サービスさえ使わないのか……。

「僕はね、嫌いなものがほとんどなくてさ。仕事柄、あ、グルメライターなんだけど、いろんな食べ物を探さなきゃいけないこともあって、なるべく好物を作らないようにしているけど、まあ、お魚も、お肉も、和食も洋食もなんでも好きなんだ。ｉＰｈｏｎｅに入っている写真なんて、ほとんど料理ばっかりだよ」

　亀助が画像を開こうと操作すると、「見せて」と、葵の細い手が亀助の右手からｉＰｈｏｎｅを奪った。手が触れ合って、亀助は心が揺れるのを感じた。

「わあ、このハンバーグ美味しそう。このお寿司《すし》もずるい。絶対食べたい」

二十歳にして、なんなんだ、この巧みなスキンシップは……。恋心を抱いてしまいそうになる。

「あ、そうだ、でもわたし、好きなグルメサイトがあって、それだけは見ますね」

「なんていうサイト？」と、亀助が首を傾げると、「このライターさんが好きなんですよ」といって、サイトを見せてきた。

「いや、さすがに、それは、嘘でしょ」

「え、なにが、嘘なんですか」

自然な表情で、亀助を不思議そうに見つめてくる。再び葵のｉＰｈｏｎｅに視線が引っ張られる。そこには、ワンプの中で〝グルメ探偵〟のブックマークがあった。

「ママが、この人の紹介するお店は間違いないって……」

2

「じゃあ、あなたが、あのグルメ探偵の亀助さんなんですか！」

目をキラキラさせて覗き込んでくる葵を見つめながら、亀助は冷静さを保つことが難しかった。

「嘘じゃありませんよ。もうずっと見ていますから、二子玉川《ふたこたまがわ》の熟成鮨のお店とか、神田の会員制の焼肉店とか、ぜひ、連れて行って欲しいです」

確かに、随分と昔の記事から見てくれているのは間違いないようだ。サエコも同じだった。ユーザー数は確かに伸びているが、それだけワンプ、そしてグルメ探偵の認知度が上がっているということなのか。

亀助は動揺する気持ちを隠せずにいた。クラブの若い女の子とデートするというシチュエーションなど、あるのだろうか。いや、冷静になれ。それは、ただの〝同伴出勤〟というやつではないのか。

ただ、いま、そんなつまらないことを言って何になるのか。

「それだけは、おじさん、ちょっと自信があるな」

腕と足を組みながら、のけぞった亀助は、〝おじさん〟という言葉を使った自分に驚いていた。寒気すら感じる……。

「亀助さんは、おじさんなんかじゃないですよ。もし迷惑じゃなかったら、ＬＩＮＥを教えてください」

亀助はなんのためらいもなく、ｉＰｈｏｎｅを取り出し、ＩＤを交換した。

顔を上げると、視線を感じて振り向いた。島田がニヤニヤしながら亀助を見つめていたので、慌ててグラスに手をやった。

「最近、なにか気になっているとか、美味しかったグルメはあるかな」

亀助は取り繕うようにして質問を投げかけた。

「あ、ママから、超高級でミステリアスな、たこ焼きの話を聞きましたか。《TKP》っていう名称らしいですね」

「うん、それ聞いたよ。《TKP》っていう名前なの？　何の略？」

葵が目を細めて、頭をひねった。

「《TKP》か……。〝TKG〞だと〝卵かけご飯〞だけど……。あ、そうか、たこ焼きパーティー、〝たこパ〞の頭文字かな？」

「わあ、さすが探偵さんですね！　きっとそうです。わたしも絶対に食べたいので、ママに呼んでもらいましょうね」

亀助は葵の笑顔を見つめながら「約束だよ！」と、大きく頷いた。

時計を見るとあっという間に二時間が経過していて、島田が帰る支度を始めた。サエコや葵、ミワにビルの外まで見送られて亀助は島田と《ラ・ローズ》を後にした。

「いやあ、たまにはいいものですね。ありがとうございました」

最初から最後まで乗せられ続け、客だから当然といえば当然なのかもしれないが、とても心地よい気分だった。

「お前、最初は乗り気じゃない感じだったのに、随分と楽しみやがって。浮かれていた姿を動画で撮っておけばよかったわ」

「やめてくださいよ。それより、もう一杯くらい、いきますか」

亀助は柄にもなく、島田の肩を叩いた。店の接客で受けたスキンシップの癖がうつったのかもしれないと、自分で頬が緩むのを意識したが、冷たい視線が飛んできた。

「いや、悪いけど俺は帰るわ」

島田にあっさり断られ、亀助はそのままタクシーで家路についた。


ベッドに入ろうとしたところで、葵からLINEでメッセージが届いて、他愛もないやりとりが続いた。亀助にとって、年の離れた若い女性とのキャッチボールは新鮮だった。

だが、その翌日の夜、突然、ものすごい豪速球が飛んできて、手にしびれを感じた。

〈亀助さんと一緒に美味しいゴハン食べたいです。オススメのお店に連れてってもらいたいのですが、同伴とかはしていただけませんか？〉

亀助は、iPhoneを握りしめ、メッセージを見つめたまま、複雑な思いを抱いていた。

〝同伴〟で検索をかけると、キャバクラの同伴システムについて、初心者向けの解説をするページがいくつもあった。世の男性がみんな、きっと悩んでいるのだろう。キャバクラでは、同伴の料金相場が一万円程度ということだった。女性にはボーナス特典があるらしい。そして、同伴出勤すると、お店でその女性をしばらく独り占めできるようだ。

だが、亀助の相手はキャバクラ嬢ではない。高級クラブの女性なのだ。

そして、デートを重ねて、その先に恋愛に発展する可能性はあるのだろうか。いや、違う。そんなわけがない。これはデートの誘いではなく、営業以外の何物でもないのではないか。

これは、いい大人が鴨《かも》になっていくパターンではないか。しかし、サイトを眺めながら、彼女たちにもノルマが課せられていることが容易に想像できた。

亀助は、ためらいながら、メッセージを作った。

〈ごめんね。僕はそもそも、クラブに通うタイプの人間ではないんだよね。また、社長に連れて行ってもらうからね。おいしいグルメ情報を送るね〉

亀助は一抹の寂しさを捨てきれずにいた。

だから、送れずに未送信のままにした。

あくる日の夜遅く、亀助は《中田屋 草庵《そうあん》》を訪れていた。従兄弟《いとこ》であり、中田屋の役員をしている豊松《とよまつ》と仕事の打ち合わせを兼ねて店で飲むことにしたのだ。

「亀ちゃんが遅い時間は何も食べたくないだなんて、珍しいじゃないか。ハイボールだけあればいいなんて」

それを聞いて〝知多〟のハイボールグラスを手にしていた亀助も情けなくなる。だが、これ以上体重を増やすわけにはいかないのだ……。

「今日はさくらちゃんが休みだってね」

さくらは豊松の妹で、《中田屋》のスタッフをしている。

「ああ、一応誘ったんだけどさ、予定を入れてやがった」

「そういえば、さくらちゃんが表参道に出す新しいお店の店長になるんだってね。母さんから聞いたよ」

豊松が小さく頷いた。

「ちょっと心配なんだけどさ。まあ、あいつも初めてのマネージャー業務だから、ここで一皮剝けてくれるといいんだけどな」

さくらには、中田屋の女将になる権利も素質もある。四代目にあたる現在の女将は、豊松の母親だ。その次の若女将が誰になるのか、元CAの豊松の妻か、さくらのどちらかだと考えるのが普通だろう。さくらにとっては、これも越えなければならない修行の一環なのかもしれない。

「今度のお店は、インバウンドを強く意識しているんだよね。その点、さくらちゃんは海外留学経験もあるし、英語も堪能《たんのう》だし、向いているよね」

さくらは女子大の英文科に通っていたが、一年間、ロンドンに留学もしている。

「もちろん、それも任せる理由の一つではあるよね。あいつは一応、英語だけは得意だからな。だけど、みんなを引っ張っていけるのかな」

豊松は中高で生徒会長もしていたし、テニス部の部長もしていた。リーダーシップを発揮するタイプだが、さくらはどちらかというと参謀役タイプだ。

「人当たりもいいし、向いていると思うけどな」

「三代目の大女将が引退を決めて、初めてのお店については一切口は出さないって言っているんだ。だから、新しい中田屋のイメージにふさわしいお店を作らなければならない。亀ちゃんにも協力してもらうよ」

亀助は大きく頷いた。

「美味しいものが好きなのにダイエットを始めた、亀ちゃんみたいな人をターゲットにするのがいいのかもね」

亀助は「まさに」と言って、腕を組んだ。

「やっぱり、ヘルシーなのに美味しくて、オリジナルの料理というのは、時代のニーズに合っていると思うんだ。かと言って、グルテンフリーばかりだと男性客は足を運びにくくなってしまいそうだからさ。デートとかでも使えるように、男性もガッツリ美味しく食べられるような、それでいてヘルシーだから女性にも嬉しい、そういうものが次のお店では欲しいなって思うんだよね」

「なるほどね」

豊松が意図を理解してくれたようで、改めて頷いている。

「ところで、実はこないだね、銀座で密《ひそ》かに噂になっている超高級たこ焼き屋の話を聞いたんだ」

豊松が動きを止めて、亀助の顔を覗き込んできた。

「銀座の高級たこ焼き？」

「うん、それがさ、銀座の高級クラブの昼間や土日の営業していない時間を使って、商売をやっているんだってさ。アイドルタイムの店舗を借りたいという料理人側のメリットはわかるけどさ、貸そうとする店舗ってイメージできるかな」

《中田屋》は銀座にいくつかのビルを持っていて、豊松が不動産部門の責任者だ。高級クラブばかり入るビルもある。豊松は接待でクラブに行くことも多いだろうし、経営者とのつながりも多い。

「うーん、なるほどね……。まあ、正直、そんなクラブはそれほど多くはないと思うよ。だって、油が飛んだり、匂いがついたりしてさ、嫌われるだろうから。よほど経営に行き詰まっているお店だろうなって……」

亀助は大きく頷いていた。

「普通に考えたらそうなるよね……。いくら高級たこ焼きと言ってもさ、利益率のことを考えたら、場所代はそれほど払えないだろうしさ……」

銀座のクラブは高級感と清潔感が重要なのはよく理解できる。

「でも、普通じゃないってことなのかい」

「そうらしいんだよ。僕は正体をまだ知らないんだけどさ。高級食材を使った一個五百円のたこ焼きだっていうんだ」

「一個五百円ねえ。やろうと思えば、やれるだろうけどさ、そんなバカ高いたこ焼きにニーズがあるのかね」

豊松はグラスに手をつける。高級たこ焼きを食べたいという好奇心はないようだ。

「ニーズがあるみたいなんだよ。実際、話をしてくれたクラブのママも興味津々だったしさ。でさ、そこで僕も考えたんだけど……」

亀助は前かがみになって豊松との距離を近づけた。

「なにをさ？」

「うちの自社ビルにもさ、クラブがたくさん入っているだろ。そこと提携してさ、《中田屋》の職人の腕を生かしたフードビジネスをやれないかな？」

豊松が怪訝《けげん》な表情を浮かべた。

豊松は、「いや、それはないよ……」と声を細めた。

「クラブは食事ではなくてお酒と会話を楽しむ場なんだよ。食事は同伴で楽しんでからお店に行くんだよ。うちがそんなビジネスを始めたら笑われちゃうな」

亀助は夜の世界を知らなさすぎて恥ずかしくなった。


翌朝、レストランで取材をしていると築地署の山尾から電話で連絡があった。刑事から着電とは、いったい何事だろうか。

取材を終えて、店を出てからかけ直した。

「山尾さん、どうされましたか。まさか、事件が……」

〈いえ、北大路さん、ちょっとご相談がありましてね。まあ、事件というか、事件が起きないように、我々は捜査をしているのですが……。もしよろしければ、ゴハンでも食べながら、いかがですか〉

これまでは、事件現場で遭遇するか、あるいは、警察署内で真面目な話をしてばかりだったが、食事の提案は初めてだった。

「はい、いつもお世話になっていますから、僕になにか力になれることがあるのであれば、それは、ぜひ」

〈それは、ありがたいですね〉

食事と聞いて、ちょっとだけ距離が縮められる気がして、亀助は嬉しかった。

「それにしても、食事をしながらというは、初めてですね」

〈はい、つきましては美食家の北大路さんを我々が選んだお店にお連れするのはどうも気が引けると、桜川と話をしていまして……〉

グルメライターという職業に就いていると、そういうことはよく言われる。それで、「勉強になるので、どんな店でも構いません」というのも失礼な気がしている。せっかく料理を楽しみたい相手に過度な気を遣わせてしまうのは嫌なのだ。

「それでしたら、ぜひおまかせください。山尾さん、桜川さんのお好きなもの、嫌いなものはありますか」

山尾からホッとした安心の思いがこもった「それはありがたいです」が聞こえてきた。

〈我々は嫌いなものはありませんが、二人とも育ちの悪い田舎者ですから、お洒落《しゃれ》なフレンチとかイタリアンとか、そういった高級店はちょっと緊張してしまいますね。ゆっくりとお話をしたいので、個室のお店がいいかなとは思うんですよ。しかし、個室で美味しいお店となると、随分と料金があがってしまいますよね……〉

山尾の声が萎《しぼ》んでいく。

「いいえ、いいえ、僕だってコスパのよいお店を優先するタイプですから。日程はいつにしましょうか。急ぎの用件ですか」

〈ええ、実は、できれば、なるべく早くご相談できますと、助かります〉

電話を切ると亀助は自分のリストを開いた。こういうのが腕の見せ所なのだ。

会食で一ランク上のレストランをコースでお得に取りたい場合は〝一休．ｃｏｍレストラン〟を活用することも多い。〝ぐるなび〟や〝ホットペッパー〟とは異なり、一定レベルの基準を超えた飲食店しか登録できない。この足切りの意味は大きい。個室と記載されていても布で仕切った〝個室風〟でゆっくり話せないお店も新宿や渋谷などに増えているからだ。

一方、〝食べログ〟にも予約機能が実装された。他のグルメサイトでヒットしたお店を食べログの点数で確認してから予約する流れも多い。〝食べログ〟でよさそうだと思ったお店を直接予約できるメリットは大きい。ワンプも予約機能は当然検討している。しかし、大手とまともにやりあって勝てるわけはない。〝一休．ｃｏｍレストラン〟のような差別化戦略が必要なのだ。

3

亀助は息を切らして、銀座のみゆき通りを走り抜けていた。右手にｉＰｈｏｎｅを握りしめ、何度も時間とメッセージを確認している。

サエコから連絡があり、《ラ・ローズ》が入っている同じビルで、例のたこ焼きパーティーが開かれているという噂を耳にしたという。

取材で新宿にいたため、銀座に駆けつけるまでやや時間はかかってしまったが、まだ十四時をまわったばかりだ。店の営業は十八時からが多いはずなので、まだたこ焼きパーティーをやっている可能性はある。サエコから連絡を受けてからまだ二時間程度だ。

探せばまだ手がかりは摑めるかもしれない……。

息を切らしていたからか、出勤してきたと思《おぼ》しき二人組の女性にじろじろと眺められた。完全に挙動不審な人間ではないか。

階段を使って、すべてのフロアを覗いてみたが、それらしき人を見つけることはできなかった。最後に《ラ・ローズ》に立ち寄った。すると、サエコが店から出てきて、近づいてきて耳打ちしてきた。

「たこ焼き職人さんね、まるでタコみたいに逃げ足がとても早くて、誰も捕まえらえないって。銀座の夜の世界で派手に立ち回れない理由があるみたいなの……」

亀助はお伽話《とぎばなし》を聞いているようだと感じた。何かに追われて、逃げているようだ。銀座といえば、ヤクザの息がかかっていると言われている店もある。ヤクザに追われている若い男。ふっと、高桑啓介《たかくわけいすけ》の顔が脳裏に浮かんだ。

高桑はもともと〝G5〟という美食サークルで出会った男だ。だが、付き合ううちに驚くべき事実を知ることになった。高桑の父親は、亀助の大叔父・中田安吉《やすきち》だったのだ。安吉は《中田屋》を追われた元経理の人間だった。女にだらしなくて離婚後、ススキノで出会った若い女との間にできたのが高桑なのだ。つまり、亀助たちにとって親戚という関係性だ。《中田屋》の土地を乗っ取ろうとする反社会組織から、一味に加えられそうになったが、高桑は拒否した。警察の捜査が入ったその事件以来、亀助たちの前から姿を消している。いまは、国内を旅しているはずだ。

亀助が高桑と最初に会ったのは〝クラウドファンディング〟の《鮨 武蔵》だ。《TKP》はアイドルタイムの有効活用というのが、《鮨 武蔵》の成り立ちを彷彿《ほうふつ》とさせる。それに反社会組織を敵にしたわけだから表立って銀座で商売はできないだろう。身元がバレないように立ち回る必然性がある。

いや、まさかな……。

亀助は思考の迷路にはまりこんだまま、築地へと歩いた。カフェに入って時間を潰すことにする。この後、大事な接待があるのだ。気持ちを切り替えなければならない。

刑事である山尾と桜川と食事をする日がくるとは思わなかった。先に、予約していた店の個室に入っていると、ほどなく桜川と山尾が頭を下げながら入ってきた。

「いやあ、もつ鍋なんて、最高ですね」

山尾が言うと、すぐに桜川が睨みを利かせた。

「お前、なに言っているんだ。ここはもつ鍋じゃなくて〝明太《めんたい》もつ鍋〟だぞ。ですよね、亀助さん？」

亀助は、大きく頷いた。東銀座駅からも、築地駅からも徒歩で五分ほどの場所にある九州料理《ふく竹》の個室を予約していた。博多の名店〝かねふく〟の明太子をたっぷり使った名物の明太もつ鍋は絶品だ。スタンダードなコースは、長崎のお造りなどや大分《おおいた》地鶏の唐揚げなど、食べ応えがあり、飲み放題付きのコースで五千円というコストパフォーマンスのよさが魅力だ。

「ええ、とにかく、美味しくてコスパもいいんですよ。明太子鍋は、他のいろんなところでも食べましたが、ここがダントツだと思います」

二人が目を合わせたので亀助も会心の提案をできた気がしていた。

店員がやってきたので、生ビールをオーダーする。ほどなく、泡のバランスがとれたジョッキが三杯届いたので乾杯をした。

「最近はいかがですか。ワンプレートのお仕事をしながら、中田屋さんのお仕事もされているんですよね。いわゆる、流行のパラレルキャリアじゃないですか」

亀助は頭を掻《か》きながら、「ええ、まあ」と返した。

「時間的にはどれくらいの配分なんですか。半々ということはないでしょう？」

桜川が前のめりに投げてきた。亀助は「うーん」と唸《うな》った。どちらも飲食の仕事なため、境界線があいまいなのだ。

「ワンプの仕事の方がずっと多いです。七対三とか感覚値としては、そんなものですかね」

山尾が「休みは？」と矢継ぎ早に投げてきた。

「休みも取材したりしていますからね。趣味の延長みたいなものですから、あってないようなものですかね」

「そりゃあ、大変ですが、スキルと才能があるひとは羨ましいですよ。わたしなんて、捜査と逮捕しかできませんからね」

「捜査してちゃんと逮捕してから言えよ」

桜川が相棒に突っ込みつつ、薄笑いを浮かべている。年齢は桜川の方が少し若いはずだが、関係性は逆転しているようだ。

イカの明太子和《あ》えに続き、長崎の地魚のお造りが五点盛りで到着した。アオリイカ、ヒラマサ、マダイ、ヒラメ、そして、マアジだ。どれも鮮度が良いのがわかる。

「ところで、珍しいお誘いをいただきましたが、お話というのは……」

もしかしたら、気を遣われているのかもしれないと感じて、亀助の方から切り出した。

「そうでしたね。真面目な話をしに来たのでした。ご相談なのですが、亀助さんは関西の〇〇組と△△組の暴力団が分裂した話はご存知ですか」

意外な内容だったため、亀助はいくらか面食らっていた。「ええ、まあ、多少は」と、ゆっくりと頷く。分裂した暴力団の抗争はニュースで見る程度だった。

「でも、ニュースで知るレベルのざっくりとしたものなのですが……」

山尾が話を続けるが、桜川は食べることに集中している。

「そうですか。まあ、全国に飛び火して影響が出ているわけですが、最近、銀座でも暴力団同士の抗争が続いていまして……」

やはり、そういう事情と銀座も無縁ではいられないようだ。

「なるほど。普通に生活をしていると意識しないのですが、そう聞くと不安ではありますね」

亀助は、運ばれてきた餃子《ぎょうざ》に箸を伸ばした。

「そうなんですよ。海外からの観光客も増えているというのに、東京の治安が脅かされるのは大問題なんですよ。これだけ店も人も集まっている銀座で、暴力団にドンパチやられたら、かないませんからね」

それは亀助にもよくわかる。犯罪を根絶しなければいけない時期なのだろう。

一方で、亀助はふと、あることに気づいた。父方の祖父も父親も警察官だ。警察一家に生まれただけに、警察の職務についてはそれなりの知識がある。

「あの、率直な疑問としては、それって、警察としては一課ではなく、〝マル暴〟の担当ではないのですか」

山尾や桜川が所属しているのは築地警察署の捜査一課で、殺人事件などを扱う。一方、暴力団対策などを行うのが、組織犯罪対策課、通称〝マル暴〟なのだ。

亀助の疑問を受けて、二人が顔を見合わせてかすかに笑みを浮かべた。

「ええ、おっしゃる通り、マル暴の案件なのですが、実は最近、違法なクスリの売買が東京で活発になっていまして……。縄張りの問題もあって、外国人マフィアと日本の暴力団とでトラブルも起きています」

「そんな物騒な事件が起きていたなんて、まったく知りませんでした……」

亀助はため息をついていた。話の途中ではあるが、スタッフがやってきて、明太もつ鍋の様子を確認し、ついにゴーサインを出してくれた。亀助が三人分よそっていく。キャベツがほどよくしんなりしている。明太子は辛さを選べるが、初めてなので普通にした。明太子ともつ鍋スープとの融合、そのバランスが研究し尽くされている。

「いやあ、すみません。こりゃあ、うまそうだ」

桜川はまだ食べ続けている。

「それで、なぜ、亀助さんにご相談かと言いますと」

「はい、なんですか」

亀助は、明太子のたっぷり入ったもつ鍋を口に入れた。思ったよりも熱かった。ハフハフしながら、ハイボールを口から流し込む。最近は二杯目以降はハイボールを徹底しているのだ。糖質を少しでも減らすために。

「最近、銀座の高級クラブで営業していない昼間に、たこ焼きのパーティーが開かれているそうで――」

突然の山尾の切り出しに亀助の手が止まった。

「え、銀座のクラブで、たこ焼きパーティーですって……」

亀助がおうむ返しのように復唱すると、桜川の箸の手が止まり、山尾と目があった。すぐに、亀助に視線が集まった。

「ええ、まさか、亀助さん、なにかご存知なのですか」

亀助は首を強めに振った。

「いいえ、いえいえいえ、まだ……。銀座のクラブで、一風変わったというか、超高級食材を使ってたこ焼きを作る料理人がいると話題になっているようで」

目の色を変えた山尾が頷いている。

「さすがグルメ探偵ですね」

亀助は首をさらに強めに振った。

「いえ。まだ見つけられていませんから……」

「この情報を摑んでいる時点で驚きましたよ。ちなみに、どこでその情報を知りましたか。まさか、料理人に会って、たこ焼きを食べた人の情報ですか」

亀助は回答に戸惑った。最初に知ったのは高級クラブで、ママのサエコに教えてもらったのだ。

「実は先日、会社の代表の島田に高級クラブに連れて行かれまして。そこのママに教えてもらいました。ただ、そのママも噂で耳にしただけと言っていました」

山尾が目を細めた。

「でも、すみません。繰り返しになりますが、なぜ警察が、しかも捜査一課のみなさんが、そのたこ焼き屋を追いかけているのですか」

まさか違法なことでもしているのだろうか。

「それが、そのたこ焼き屋には関西系の暴力団組織の息がかかっている可能性があるようで、パーティーがクスリの取引に使われている疑惑があるんですよ」

「高級たこ焼きは表向きということですか……」

亀助はため息をついた。なぜ、銀座のクラブでたこ焼きをやるのか。利益的にはどうなのか。その理由がずっとひっかかっていた。だが、なんとなく、その理由が腑《ふ》に落ちた気がする。

「ただ、まだ噂の段階でして。手がかりが摑めないので、裏どりができていません」

亀助はあいまいに頷いていた。なんとも、きな臭い。

「表向きは粉もんの店が、非合法の粉を扱っているんじゃ、笑えないなと、これが警察では問題になっているんですよ」

山尾に続いて、桜川が、「うまいこと言ってやった」という顔をした。

「なんと……」

亀助は予想外の情報に暗澹《あんたん》たる思いを抱いていた。亀助はたこ焼き屋の正体が高桑かもしれないという思いを抱いていたのだ。もちろん、取り越し苦労かもしれない。ただ、万が一、高桑だった場合、彼が反社会組織とつながっているのかもしれないのだ。

いや、あいつはそんなことをするようには見えないが……。

「亀助さん、それで、手がかりはすでに摑んでいますか」

亀助は、「あ、いえ。それが、まだなにも……」と、歯切れの悪い言葉を発しつつ、その次の言葉をどうするか戸惑った。

「僕が聞いたのは名称が、〝TKP〟、つまり、たこパの頭文字の略だと聞きました」

山尾が頷いた。すると、追いかけている人物は一致しているのだろうか。

「我々が入手した情報では、〝TKP〟は単独で動いていて、二十代の後半ではないかと。生い立ちなどは不明ですが、〝K〟と呼ばれているそうです」

「ケ、ケー!?　ですか？」

亀助は、つい聞き返した。それは、まさしく、高桑啓介の〝K〟ではないのか。しかも、警察は事件に紐付《ひもづ》けて追いかけている可能性が高い。

りだった。

「亀助さん、どうかされましたか」

胸の内を見透かされている気がして、笑顔を取り繕った。

「あ、いいえ、なおさら、気になりますね。ちょっと、調べてみます。なにか重要な情報を入手しましたら、すぐにご連絡しますね」

山尾と桜川が頭を下げてくる。明太もつ鍋を平らげた後は、卵をかけておじやでしめる。これがまた格別で二人とも幸せそうに食べてくれたが、亀助は高桑のことが気がかりだった。

その夜、LINEに通知が届いた。見ると、葵からだ。同伴のお誘いのメッセージをもらって以来、ずっと返信をせずに放置していたことを思い出した。

〈亀助さん、先日はごめんなさい。変なメッセージを送って気分を害してしまいましたか？　またお会いしたいので、もしよかったら、普通にゴハンに行きませんか。お店やママには、内緒ですが……。土日は予定がうまっていることが多いので、平日で空いている日があれば教えてください〉

え、いいのか？

亀助は心の中で「姉さん、事件です」とつぶやいていた。ハッと、我に返る。姉の鶴乃に、天音という素敵な女性を紹介してもらいながら、何を考えているのか。

4

亀助は六本木に新しくオープンしたレストランを取材していた。インバウンドを狙った店で、外国人が好みそうなメニューが並んでいる。そして、最大の特色は、すべてのメニューが〝グルテンフリー〟、つまり小麦粉などに含まれるタンパク質の主成分であるグルテンがゼロである点だ。米粉を使って、ピッツァやパスタ、ハンバーガー、そして、デザートのパンケーキなどを提供している。亀助は、パスタと餃子の不釣り合いな組み合わせをオーダーし、写真を撮りながら試食していた。味もいいし、食べ応えもある。

ワンプでの取材ではあるが、中田屋での新店舗開発においても参考になる店舗展開だなと実感していた。

ふと、通知に気づいて、ｉＰｈｏｎｅを見ると、銀座のクラブのママ、サエコからＬＩＮＥが届いていた。

〈亀助さん、例のたこ焼き屋さんが大変！　トラブルが起きたみたいよ……〉

いったい、何が起きたというのか。たこ焼き屋が高桑ではないといいが。

〈トラブルって、どういうことですか〉

亀助は自分の手が震えていることに気づいた。

返事がこない。不安が募る。居ても立ってもいられず、亀助は電話をかけた。すぐには出てくれない。随分とコールが響いて切ろうと思ったところ、やっと出てくれた。

「サエコさん、すみません、いったい、何が起きたんですか」

〈それがね、今日、知り合いのお店で例のパーティーがあったみたいなんだけど〉

「なんと、どちらの店ですか」

〈わたしたちと同じビルなの。すぐ上のフロア〉

「いまも、いるんですか」

〈それがね……。なんか、料理人さんが、怖い人たちを怒らせちゃったみたいなのよ。いわゆる、銀座に縄張りをもっている暴力団の人たちに、みかじめ料みたいなものをわたしたちもちょっとだけ払っているの〉

「ええ、それは、よく聞きますね……」

亀助は、山尾たちから聞いた話とは随分状況が異なるなと感じていた。

〈でね、それを払わなかったから、被害に遭ったみたいなの……〉

いくら高級だとはいえ、たこ焼き屋の儲けでいったいどれだけのみかじめ料を払えるというのか。

「被害ってなんですか。指を落とされるとか」

〈それは、わからないんだけどね。お店から、連れ去られちゃったみたい〉

「え、拉致ですか。そんな……。どこですか。どこでそんな事件が？」

〈亀助さん、もしかして、その料理人さんと、お知り合いなの？〉

亀助はｉＰｈｏｎｅを片手に、何度も頷いていた。

「ええ、もしかしたら、僕がよく知る人物かもしれないんです。だから、ちょっと心配で。どうか、教えてください」

〈そうだったのね。わかったわ〉

亀助は壁に向かって頭を下げていた。六本木の大通りに出てタクシーを捕まえると、銀座八丁目に急いでもらう。

高桑と思われる人物がいた場所は、《ラ・ローズ》が入っているのと同じビルだ。まずは、《ラ・ローズ》へと向かう。ドアを押しあけると、すぐにサエコが出迎えてくれた。

「亀助さん、思ったよりも、早かったわね」

「はい、さっそくですが、お店に連れて行ってください」

一緒に急ぎ足で階段を上がる。三階の奥に、その《クラブ・ミハル》はあった。

ドアを押して入ると、ママが、すぐに出てきてくれた。

「ミハルさん、この方が、北大路亀助さんよ」

「すみません……。北大路と言います」

「サエコママから聞いているわ。わたしがミハルよ。中へどうぞ」

テーブルや椅子が散乱している。

これがたこ焼きのセットか。分厚い鉄板が床に横たわっていた。黒服の男性が濡れたタオルを使って、絨毯《じゅうたん》から必死に血液のシミを消そうとしている。

確かに聞いた通りだ。高級食材がいくつか、そのまま放置されている。

亀助は、床に落ちていたキッチンペーパーのようなものを手に取った。薄い。油を吸い取るペーパーだろうか。いや、違う。なんだろう。習字に使う半紙のようだ。

「ここに、ウーロン茶を置いておくわ」

ミハルがテーブルの一つにウーロン茶を二つ置いてくれた。

「ミハルさん、わたしは、自分のお店もあるし、先に帰るわ。ごめんね」

亀助は、「ありがとうございました」とサエコに頭を下げた。サエコは「あなたなら、きっと解決できるわ」と言って、亀助をじっと見つめると、お店を出ていった。

ミハルに案内されて、亀助はソファに腰を下ろした。

「それで、その一件は、どれくらい前に起きたんですか」

ミハルが腕時計に目をやった。

「もう二時間か、二時間半くらい経《た》ったかしら」

ということは、もうこのあたりにはいないのだろう……。

「そうですか。おおまかな経緯は、サエコさんから聞きましたが、流血する事態だなんて、いったい、何があったんですか」

亀助は、慌てて断りを入れると、ｉＰｈｏｎｅの録音ボタンを押してテーブルの上に置いた。

「たこ焼きパーティーが開かれていたんだけどね、突然、男たちが乱入して来て……。〝やめる気はないんだな？〟って、料理人の男性に聞いたの。そしたら、冷静に〝いまは、お客様がいらっしゃいますので、後にしてもらえますか？〟って。そしたら、〝待つ暇はねえんだよ〟って、料理人を何発かぶん殴って腕を摑んで引っ張っていったのよ」

亀助は、深いため息をついた。

「あ、そうそう。それとその人が連れて行かれた後、このバッジが店に落ちてたの」

そう言ってミハルが金バッジを差し出してきた。亀助が手に取ると、《中田屋》の金バッジではないか。《中田屋》の屋号が刻印された純金のバッジだ。高桑の父親である安吉が、「かっこいいだろ」と言って特注したが、女将をはじめ女性陣の不評を買った幻のバッジなのだ。高桑が持っているはずだった。

「あいつらしいな。ちょっとだけ、安心しました……」

「あなたに預けた方が良さそうね」

ミハルに言われたので、亀助は力強く頷いてバッジを握りしめた。

「それで、そもそも、どういった経緯で、たこ焼きパーティーが開催されることになったのですか」

ミハルが、深くため息をついた。

「たまにね、ママ会をするんだけどね。あ、ママ会といっても、銀座でお店をやっている同世代のママ仲間の会ね」

「そっちのママ会ですか」と、亀助はつい頬を緩めた。

「話題になっているのを聞いていたの。高級たこ焼き、美味しそうだったから食べてみたくて……」

亀助は何度も顎をひいて同意を示した。

「ただ、その男性にはなかなか連絡する手段がないって聞きました。今回はどうやって、連絡を取ったのですか」

ミハルが「それは……」と、少し言いにくそうに言い淀んだ。

「私の知り合いに、親しい人がいるのよ。その人にお願いして……」

「集客とかはぜんぶ向こうでやって、場所だけ提供するというスタンスですかね」

ミハルが顎を引いてから、首を横に振った。

「お客さんは、わたしが集めたわ。ここ最近銀座で話題だし、興味を持つお客さんばかりだったわ」

そうだったのか。お店が招いている形なら、ヤクザが出てくるのも筋違いな気がするが……。

「そのたこ焼き職人の方はどんな雰囲気でしたか。年齢とか見た目、言葉遣いは？」

ミハルが腕を組んだまま、今度は足を組んだ。

「アシスタントもつけずに一人で機材を持ってやってきたの。ぜんぶ、ひとりでこなしちゃう身軽で器用なタイプって感じかな。見た目はね、二十代でちょっとチャラい印象はあったけど、まあ、礼儀は正しいし、ハキハキはしていたかな。イケメンと言われれば、イケメンかしら」

「名刺を出したり、名乗ったりは、しませんでしたか？」

「いいえ、たこ焼き屋ですって」

まだ高桑と決まったわけではない。だが、今の所、高桑に当てはまっている……。

「そういえば、事前に料理人の方は〝K〟って呼ばれているって聞いていたんだけど、実際、お客さんからは、Kくん、Kくんって、呼ばれていたわね」

山尾たちも言っていたことだが、通称が〝K〟ではなくて、〝Kくん〟と呼ばれるということは、〝啓くん〟すなわち、高桑啓介なのではないか。

「あの、警察には連絡を？」

ミハルが困った顔をして、首を横に振った。

「あとあと、厄介だから警察に連絡してないわ」

「そうでしたか。申し訳ありませんが、事情が事情なので、警察に電話させてください」

ミハルがどうぞ、と言ってくれたので、亀助は頭を下げて、山尾の携帯電話に電話をかけた。

「山尾さん、例の〝TKP〟の件で、ちょっとまずいことが起きてしまったようです」

ミハルが驚いた様子で亀助を眺めているのに気づいた。確かに、一一〇番ではなく、刑事に直接電話をかけるとは思わなかったはずだ。

〈いったい、何があったんですか？〉

「いま、銀座のクラブなんですが、来ていただけませんか。実は、あのたこ焼き職人が営業中に暴行を受けて、拉致されてしまったようなんです……。現場には、血痕もあるんです。話を聞いた感じだと、クスリの取引がどうとかっていう話とはまるで違うようです」

〈なんですと。ええ、それは、急いで向かいます〉

「あなた、警察に知り合いがいるのね」

ミハルが投げかけてきた。亀助は、「ええ、ちょっと」と答えて言葉を濁した。親が警察の幹部だと知れたら、萎縮してしまうかもしれない。

お店は二十時からだが、十八時にはセットを元通りにしなければならない。亀助も忙しく、テーブルの移動などを手伝う。すると、一見すればなにがあったのかわからないレベルまで戻したところで、山尾と桜川がやってきた。

「すみません、お店の営業が始まってしまうので、元に戻してしまいましたが、僕が写真は撮りました」

亀助は、ｉＰｈｏｎｅを手渡した。

「ほお、これはまた、穏やかではありませんな」

桜川がソファに腰を下ろして、亀助が撮影していた写真にじっくり見入る。特に血痕が落ちた写真を拡大して見つめている。

「このお店の関係者は？」

ミハルが頭を下げる。

「どういった経緯で？」

「知り合いのママから、お店を営業時間外に貸し出さないかと提案されました。若い男がたこ焼きパーティーをするからと……」

亀助は聞き捨てならない情報だと耳をそばだてて聞いていた。自分が聞いたときには〝知り合い〟としか言っていなかった。

「どちらのママですか？」と聞かれると、サッと名刺を差し出した。山尾が名刺をポケットにしまって、聞き込みを続ける。

「場所貸しは、何の見返りもなく、ってことはないですよね？」

桜川が鋭い視線を飛ばした。

「ええ、その。二万円ということで……」

なるほど、二万円か。十人で、お代が十万円として、二割が抜かれてしまうことになる。高級食材を使っているとなると、純利益はいったいどれくらいなのだろうか。

「こんなに広々とした高級クラブが、たった二万円で？　夜だと一人のお代にも満たないのではないですか」

顔を曇らせたままのミハルが、ゆっくりと頷いた。

「ええ、はっきりいって、もらっても、もらわなくても、こちらは大して変わりませんよ。みんなそういうルールでやっているのでうちだけ拒否するわけにはいきませんでした」

確かに、取り決めがあるなら、それを崩すわけにもいかないのだろう。

「ただ、うちはお客さんに喜んでもらえて十分、メリットがありました」

山尾がミハルの表情をじっと見つめている。

「それだけ、ですか」

ミハルが、意図を測りかねてか首を傾げる。

「あなたが集めたお客さんは、堅気の方じゃありませんよね」

「どういう意味ですか。うちは、変なお客さんは来ませんよ」

山尾が少し悪びれた様子で、「でしたら、安心ですね」と頭を下げた。亀助も話を聞いていて、クスリの取引に使われた形跡などはほとんどないだろうと感じていた。

「わたしはただ、お客さんが喜んでくれて、話のネタにもなると思いましたし、珍しいたこ焼きもいただけるという話でしたから……」

桜川が散らかった具材に目をやった。

「楽しいパーティを台無しにされたわけですか」

ミハルが苦虫を噛み潰したような表情を見せて頷く。亀助も具材は見たものの、食べ逃した。それも悔やまれるが、そんなことより、高桑はどこに連れて行かれたのか。誰か、目撃者はいないのだろうか。

亀助はあることに気づいた。

「山尾さん、そういえば、このビルには防犯カメラがあるかもしれません。警察の力で見せてもらうことは……」

「いま、確認しているところですね」

亀助は頭を下げた。

「あと、街の防犯カメラには写っているのではないでしょうか。だって、これだけ人通りのある通りですからね」

「ええ、すでに手配済みです」

防犯カメラのチェックを依頼しようとしたが、すでに先回りされていたようだ。

「何から何まで、助かります」

亀助は頭を下げた。顔を上げると、桜川と山尾が顔を見合わせた。

「北大路さん、失礼ですが、もしかして我々になにか隠し事をしていませんか。なぜ、そこまで、被害者を心配しているのでしょうか。そして、なぜ我々が感謝されるのでしょうか。もしかして、お知り合いなのですか？」

山尾が亀助の表情を覗き込んできた。桜川もじっと視線を送ってくる。亀助は唇を嚙み締めてから頭を下げた。

「まだ、確信を持って言えるわけではないのですが、おそらく、たこ焼き職人は、高桑啓介ではないかと……」

桜川が頷いた。もしかしたら、最初に相談された時に気づいていたのかもしれない。

「いつごろ、そのことに気づいたのですか」

「まず、このビジネスモデルが、彼と一緒に行った、《鮨 武蔵》の井上さんがやっていたものに似ていたんですよね。場所代を浮かして稼いでいるように見えた。もちろん、それだけではありませんが、場所が銀座というのが気になりました」

「確か、銀座は彼にとって思い入れのある場所でしたよね」

父親の中田安吉から、古き良き時代の銀座の話を聞かされてきた高桑は、いつか銀座で働こうと思ったと語っていた。

「銀座のクラブに二毛作を持ちかけるなんて、普通は考えないはずです。それこそ、快く思わない人たちを敵に回す可能性がある」

「おっしゃる通りですな」

山尾が深く頷いた。

「ですから、よほどの後ろ盾がいるとか、あるいは、それなりの度胸がないとやらないと思うんです」

桜川が腕を組んだまま、天井を見上げた。

「彼は知恵も働くし、ある種、失うものが何もないというか、ふっきれた立場の人間ですから……」

山尾が「なるほど」と、頬を緩めた。

「わたしも彼とは随分と話をしましたから、なんだかわかる気がしますね」

桜川がポケットに両手を突っ込んだ。

「山尾さん、桜川さん、どうか、あいつを救い出してください」

「では、我々はそこから当たってみましょうか」

桜川と山尾は亀助に軽く頭を下げると、すぐにドアに向かって歩き始めた。

5

亀助は、店に落ちていた白い紙を睨みつけていた。おそらく、油を吸い取るためのキッチンペーパーではない。とても薄く、手触りからいっても書道に使う半紙に思える。高桑の仕業だとしたら、これをいったい何に使おうとしていたのか。

もう一つ、残っていた食材で目を引いたものが、ミカンだった。

「ごめんね。そろそろ、店の女の子たちが来る時間だから、もういいかな？」

ミハルに呼びかけられて、亀助は一度頭を下げてから、小さく頷いた。

「じゃあ、これは僕が預かっておきますね」

ミカンを手にしたまま聞くと、ミハルが微笑んだ。

「あ、そういえば、彼とはどうやって連絡のやりとりをしたんですか」

ミハルに確認する。

「ああ、それは、店の電話にかかってきたの」

亀助は違和感を覚えていた。さきほど、警察に他のママが仲介してくれたと言っていたはずだし、そのお店の名刺も渡していた。

「じゃあ、こちらからは相手に連絡をできないってことですか」

「そ、そうなの……」

ミハルが動揺の色を隠せずにいるのを亀助は見逃さなかった。

「すみません、さすがにそれはありませんよね。ミハルさんは、優しい嘘をついていると思います。でも、こんな事件が起きてしまいましたから、どうか教えてください」

亀助が精一杯、笑顔を作ってみせると、ミハルの困り顔に隙が生まれた気がした。

「たこ焼きを仲介していたのは、《ラ・ローズ》のサエコママですね」

ミハルが一度顔を伏せてから、コクリとする。

「ごめんなさいね。絶対にバラさない。それが、最初からの約束だったのよ。ずっと仲良くしてきた大切なママ友だし、約束を破るワケにはいかなかったの」

「もちろん、ご事情はお察しします。でも、さすがにサエコママも僕に電話をしてきた時点で、こうなることは想像していたと思いますよ」

「そうよね。そうよね」

ミハルの目を見つめて、亀助は大きく頷いた。

「じゃあ、僕、行きますね。お礼は今度、改めて」

亀助は頭を下げると店を飛び出た。階段を駆け下りる。向かうのはもちろん、《ラ・ローズ》だ。店の前に立ち、ドアを開けようとしたら、勝手にドアが開いて、サエコが顔を覗かせた。

「あら、早かったわね。きっと来ると思っていたわ」

亀助はサエコの目を見つめて頷いた。

「いいえ、でも、すっかり騙《だま》されましたよ。さすがサエコママです」

サエコが口元を緩めた。

「わたしだって、これでも銀座のママよ。大阪のミナミでたくさんの修羅場をくぐって銀座にやってきたの」

「そうでしたね。ママにとって、たこ焼きは特別な存在なんでした」

目尻を下げるサエコに亀助は微笑み返す。

「あなただって、グルメ探偵でしょ。探偵らしく、事件をかっこよく解決するところを見せてちょうだいよ」

亀助は頭を掻きながら、カバンからミカンを取り出した。

「ミカンがあったのが気になりました。レモンとか、酢橘《すだち》とかならわかるのですが、ミカンって、他の料理と組み合わせるのは想像できないんです。いったい、何に使ったのでしょうか」

「さあ」とサエコが腕を組んだ。

「少なくとも、わたしがいただいた時には、そんなメニューはなかったかしら……」

「やっぱり……」

亀助は頷きつつ、紙切れを二枚、取りだした。

「あと、これって、習字用の半紙だと思うのですが、例えば、お品書きをここに筆で書き付けるような演出はありましたか」

サエコが首を横に振る。

「いいえ。そんなの、なかったわ」

「それはおかしいな……」

習字をするとしたら、墨が必要になる。だが、墨がないのだ。

「すみません、ちょっとだけ、キッチンを借りていいですか」

亀助は、「まさかな」と独り言を言いながら、白い紙をキッチンに持って行った。半信半疑ではあるが、あの男なら、やりかねない。

黒服の男性とサエコが驚いた様子で、追いかけてきて、「いったいなにをやろうとしているの？」と覗き込んできた。

亀助は、「炙《あぶ》り出しですよ」と、火をつけて、紙を炙ってみる。

「小学生の頃、実験でやりませんでしたか」

「ああ、そういえば、やったわ」

サエコが驚いた声を上げた。

なんと、そこに浮かび上がったのは090から始まる携帯電話の番号だった。おそらくこれは高桑の携帯電話の番号だろう。

小学校の理科の実験で多くの人が経験する〝炙り出し〟だ。あらかじめ、乾燥すると無色になる塩化コバルトの水溶液、ミョウバン水といった液体で、文字や絵などを紙に書く。そして、今度はそれを炙ることで、化学反応を起こして文字や絵を表示させる手法で、江戸時代からよく用いられたそうだ。家庭で簡単に入手できるのが、酒や塩水、砂糖水、そして、果物の汁だ。

「あいつ、面倒なことしやがって……」

亀助はiPhoneを取り出し、その番号に電話をかけようとして思いとどまった。もし、高桑が反社会組織に捕らえられていて、携帯電話も取り上げられていたとしたら、その犯人にかかってしまうということになる。

山尾に電話をかける。

「山尾さん、あの店に残されていた白い紙に電話番号が書かれていました。〝炙り出しをしろ〟ってメッセージに気づいたんです。おそらく、高桑啓介の電話番号でしょう」

〈炙り出しとは、古典的な……〉

「まあ、あいつが考えそうなことですね……。それより、位置情報を割り出してもらえませんか。命の危険があるかもしれない」

〈わかりました。まずは電話番号のデータから調べてみますね〉

「どうか、お願いします」

亀助は居ても立ってもいられず、築地署に向かった。高桑は親戚であり、特別な友人なのだ。


息を切らしながら亀助は築地署に到着すると、山尾を見つけて詰め寄った。

「彼は、無事ですか」

山尾が苦笑いをしている。

「マンションの一室で見つかりましたが、けっこうな衰弱状態だったみたいですよ……。全治一ヶ月はかかるかな」

一ヶ月といえば大怪我《おおけが》ではあるだろうが、命に別状はないようでよかった。

「あいつ、タフそうですけど」

山尾が頭を右手で掻き始めた。

「それが、ですね……。我々が保護していま病院にいる被害者は、高桑啓介じゃなかったんですよ」

「え、あいつじゃない？　本当ですか？」

亀助は大声を上げていた。開いた口が塞がらずにいる。

「ええ、ご存知の通り、わたしたちは一度、彼に会ったことがありますからね。それは、間違いないんです」

「そうだったのですか……。ということは、最初から僕の思い込みというか、勘違いだったということか……」

恥ずかしさで顔が熱くなるのを感じながら、亀助は頭をフル回転させていた。いったい、何があったのか。その被害者に会って話を聞かなければならない。

「山尾さん、被害者がいる病院はどこですか？　会って話を聞くことはできませんか？」

「亀助さん、実は被害者は頑《かたく》なに口をつぐんでいまして……。我々も困っていたところなんです」

「力になれるかわかりませんが、もしよかったら、僕を使ってもらえませんか」

「ぜひ、お願いします。あなたのおかげで、彼は助かったわけですからね。そういう人がいるということは、彼には伝えているんです」

桜川と山尾に先導されて亀助がパトカーに乗りこむと、予想通り、築地病院へと進路をとった。クルマを降りて、病院へ入っていくと、よく見知った男と鉢合わせした。

「あれ……」

なんと、そこには無傷の高桑が立っていた。桜川と山尾が顔色を変えて、高桑に歩み寄っていく。

「おお、亀助さんに、あの時の、刑事さんたちまで……」

高桑に逃げ出す様子はない。それを見て、桜川と山尾の表情からも緊張の色が消えた。

「亀助さん、ご無沙汰っす。いやあ、さすがっすね。まずは、探偵ぶりを発揮してくれて、ありがとうございました」

高桑が迫ってきて、右手をがっちり摑んできたあと、ハグをしてきた。肩を何度も叩かれる。なんだか不思議な気分だ。

ただ、もやもやしていた亀助の胸の中が晴れて、ストンと落ちるものがあった。

「てことは、やっぱり、この高級たこ焼きは君が考えたビジネスってことだよね」

高桑が恥ずかしそうに頭を下げた。

「はい、まあ、途中までは、俺がすべてやっていたんですが……」

亀助は両手を組んでいた。なぜ、被害者と入れ替わり、高桑は無傷のまま、ここに立っているのか。

「そうか。魔の手が迫ってきて、勘のいい君は、いずれビジネスを邪魔される、あるいは警察に狙われるのを察して、影武者と交替したってことかな？」

　高桑が首を激しく振った。

「いいえ、影武者だなんて思っていませんし、俺は、警察に狙われるようなことはしていませんが……」

「ほう。てことは、君のことを慕う舎弟みたいな存在が、被害者の彼かな？」

　今度は、桜川が投げかける。

「まあ、舎弟なんて柄じゃないですが、俺のことを慕ってくれるやつがいまして、そいつに手伝ってもらっていたんですよ」

「それはそうと、彼らに狙われることになった肝心な経緯を教えてもらおうか。君たちは、本当にクスリの取引には関わっていないんだね？」

　山尾が真顔で問い詰めると、高桑がうんざりした表情で、「なわけないじゃないですか」と、右手をふった。

「俺たちのたこ焼きビジネスが軌道に乗りはじめたのを聞きつけて、小澤組《おざわぐみ》の息のかかったやつらが、みかじめ料をよこせって言ってきたんですよ」

　亀助は「それは、予想できる展開だね」と相槌を打った。銀座の一等地に店を構える《中田屋》が以前、地面師グループに狙われた際、黒幕は小澤組だった。高桑は当初、彼らに送り組まれて銀座のグルメサークルに加わったのだが、結局は指示に従わなかったという経緯があるのだ。

「一応、五万円包んだんですよ。頭下げたら、まあ、仕方ないかって感じだったんです。でも、最初はチンピラだったんですけど、上のやつらが出てきそうになったんで、俺はあいつに任せて、雲隠れすることにしました。俺だってことが上のやつらにバレたらマジでやばいですから……」

「それで、どうなったの？」

亀助は聞きたいことは山ほどあったが、話を先に進めることにした。

「喧嘩《けんか》なんかしたくないですから、あいつには、〝店長がビビって逃げました〟って、言えって言ったんですけどね。そしたら、あいつら、〝人気のたこ焼きを使って荒稼ぎしよう〟って言い出したそうなんです。でも、あいつは当然、拒否しました」

「それは、やばい展開だね……」

亀助は固唾《かたず》を飲んで聞いていた。そこで、ついに組を敵に回したということか。

「ええ、怒り出して、変な噂を流して営業妨害をし始めたんです」

黙って聞いていた桜川が眉間にしわを寄せて、首を傾げた。

「いや、ちょっと、待ってくれ。そもそも、君は、なぜ、彼らに遭遇するリスクを冒してまで、銀座でやろうと思ったんだい？」

高桑は頭を掻き始めた。唸っている。

「まあ、面白い飲食ビジネスを考えついちゃったものの、一個五百円のたこ焼きが成立するのは、銀座しかなくて……。俺、銀座しか愛せないし」

高桑が少しにやけたので、亀助は噴き出しそうになった。

「まあ、銀座でなにかあったら、正義のヒーローが助けに来てくれるってわかっていましたしね。はじめはゲーム感覚でしたが、あいつらに追われて、今度は、警察に目をつけられたらしいって知って、亀助さん、早くゲームの謎を解いてくれよ！　って、焦りましたよ」

亀助が解読することを信じて、暗号を残していたということだったのか。

「そういうことだったのか……。サエコママはずっと前から知り合いで、あの店では何度もたこ焼きパーティーをしたんだよね？」

「もちろんですよ。あのママには大阪で出会ってから、本当に世話になっていて。ママがいなかったら、亀助さんは俺たちにたどり着けなかったはずですよ。いつも、絶妙なさじ加減でやってくれるんですよね」

亀助は苦笑いを浮かべるしかなかった。

「それにしても、まんまと騙されちゃったよ」

てっきり、自分の記事を見てくれているのかと思っていたら、何のことはない。高桑と一緒に、亀助の謎解きゲームを楽しんでいたということなのだ。サエコの掌《てのひら》の上で転がされていたと言っても過言ではないだろう。

「すみません、あからさまに、俺が警察や亀助さんに頼ることもできなくて、なんとかひねり出した苦肉の策だったんですよ」

「いやあ、でも、彼も命には別状はないみたいだし」

「亀助さんのおかげっす」

高桑が今度は、亀助の右手を握りしめてきた。なんだか軽い気がするが。

「じゃあ、また奈央ちゃんたちと一緒に食事に行けるのかい？」

亀助が言うと、高桑が舌を出した。

「いやあ、小澤組のやつらに見つかったら今度こそ俺がボコられそうだからな。しばらく海外でも行こうかなって。タイとか、好きなんですよ。飯もうまいし……」

「そうなんだ。タイ料理なら東京にも美味しいお店が多いのに」

亀助は小さく頷いた。高桑はこっちの心情などまるで察する気がないようだ。

「でも、とりあえず、今回お世話になったみなさんには、近々、たこ焼きでも作ってお礼しますよ。刑事さんも、ぜひ」

高桑が「話題のたこ焼き、食いたいっしょ？」と投げかけてきたので、拍子抜けしてしまう。

「とりあえずさ、この大切な金バッジはもう一度、君に預けるよ」

亀助は預かっていた《中田屋》の特製金バッジを高桑に手渡す。

「お、俺のお守り、サンキューです。いやあ、あいつには、〝困った時は、これを落とせば、ヒーローが助けに来てくれる〟って言って預けたんですよ」

照れ隠しで、亀助は頭を掻いていた。

「あれ、それにしても亀助さん、太りました？」

亀助は笑ってごまかしたが、胸を抉《えぐ》られる思いをしていた。


亀助は、荒木や河口を先導しながら、クラブに足を踏み入れた。

「わたしも、まあ、たまーに銀座の高級クラブにはお邪魔するけど、日曜のこの時間に入ることはないわ。何より、あいつに再会できるのが、すごい楽しみ」

荒木が声を弾ませる。亀助は荒木に目をやって「しかも、そこで高級たこ焼きだからね」と言ってから、ドアを開けるとママのサエコが目を細めた。

「さあさあ、いらっしゃい。お待ちしていましたよ」

軽く頭を下げると、サエコに導かれるまま、奥へと進む。

「亀助さん、どうも。わたしも楽しみにしていたの」

ミハルもデニムにシャツというラフな格好で店に遊びにきていた。

さらに、ソファには店の休業日だというのに、多くの女性が腰を下ろしている。みんな私服でドレスを着る前の普段着だ。亀助はつい、葵の姿を探していた。だが、いない。あれは、切なく淡い恋だったのかもしれない。その後、何度かメッセージのやりとりが続いたが、結局、〈ママにお仕事入れられちゃったので、食事もお話もゆっくりできません。お酒も飲みたいので、お店で飲みましょう〉と誘ってきた。これぞ、同伴出勤そのものだったので、亀助は心揺らぐことなく、〈おじさん、捜査以外でお店には行かない人なのだ（笑）〉と断ったのだ。

するとキッチンから高桑が現れた。

「ちょっと、啓介！　元気だった？」

「おお、奈央ちゃん。そして、ソムリエ弁護士の河口さん！　めっちゃ久しぶり。あ、ごめん、ちょっといま忙しいから後で」

多くの視線を浴びてちょっと緊張しているのかもしれない。額に汗を滲《にじ》ませた高桑が慌ただしく仕込み作業を再開した。

「ちょっと、邪魔しないでくださいよ」

久しぶりの再会ということで、「後で」と言われたものの、荒木と河口が近づいていった。なにやら、代わる代わる質問を投げかけている。

「なかなかイケメンだって、評判なのよ」

サエコが亀助に耳打ちしてきて、嬉しそうに目を細めた。すると、今度は突然、店のエントランスから緊張感が伝わってきた。黒服の男性が誰かをエスコートしてきたようだ。

「どうも、失礼します」

スーツ姿の男性二人組の登場で、空気がガラッと変わった。クラブに山尾と桜川がやってきたのだ。やはり、刑事は雰囲気というかオーラをもっているのかもしれない。

「刑事さんまで来たのか。やべえな」

高桑は首を回しながら両手を組むと、ストレッチを始めた。

サエコが手を叩いて、居合わせた人々の注目を集めた。

「さあさ。来賓のみなさまが集まりましたから、美味しいやつを頼みますよ」

高桑がたこ焼きの型に、慣れた手つきでタネを流し込んでいく。

「オッケーっす。マジで、うますぎて、ビビりますよ」

みんなの視線が釘付《くぎづ》けになった。高桑が両手にピックを持つ。亀助に視線を投げてくる。大きく頷いて返した。贅沢な食材を使った高級たこ焼きだ。

亀助はいよいよダイエットに本格的に取り組まなければならないと自覚していた。

左手にはそのために買ったＡｐｐｌｅ Ｗａｔｃｈを巻いていた。

# 第三話　「鹿児島産黒毛和牛誘拐事件」

## 1

羽田空港からの経由地点、鹿児島空港を離陸した日本エアコミューターの小型プロペラ機がついに高度を下げ始めた。〝ＳＡＡＢ〟という小さな機体で、座席数は全部で三十六席だ。ＪＡＬグループが保有する機体の中で、最も小さいらしい。キャビンアテンダントはたった一人だ。

亀助はプロペラ越しに空と海を眺めつつ、ｉＰｈｏｎｅのカメラを向けて動画を撮影していた。プロペラが旋回する音が大きく鳴り響いているが、それも心地よい。

眼下には一面、青々とした海が広がっている。鹿児島空港を出てほどなく、雲に覆われた屋久島《やくしま》を確認できた。その後、海に浮かぶトカラ列島の小さな島々が雲の隙間から垣間見えた。そして、さきほど、奄美大島《あまみおおしま》と加計呂麻島《かけろまじま》を過ぎたのだ。

これから訪れる土地への期待でワクワクしてくる。

「徳之島《とくのしま》かー。奄美大島は旅行を考えたことがあったけど、徳之島は完全にノーマークだったわ。離島は非日常感があっていいよね」

前の席では、荒木が身を乗り出して窓から外の景色を撮影している。

「僕も今回が初訪問なんだよ。あんまり観光地化はされていないみたいだけど、それだけに、独自の文化がいまも島に色濃く残っているみたいだよ」

荒木が口をもぐもぐさせながら振り向いた。鹿児島空港で買った安納芋のパイを食べているのだろう。糖度が四十度を超える安納芋の甘みを存分に味わえる。亀助は一つだけもらったが、あとは拒否した。まだ島に着く前だというのに、糖質を摂《と》り続けるわけにはいかない……。

「ネットで調べたけど、いかにも観光業者っぽいところにたどり着かなくて、逆に新鮮だったもん。島民が熱狂する闘牛文化も、おもしろいよね。島の男は血の気が多いというか、闘争心がめっちゃ強いって書かれているブログを見たけど、本当なのかな」

亀助は、思わず頬を歪めながら、「怒らせないようにしなきゃね」と、何度も頷いた。

「高級ブランド和牛について調べていて、この島を知ったんだ。鹿児島県は日本最大の和牛の産地なんだ。実は徳之島で生まれた子牛が生後七~九ヶ月まで育てられて、日本各地の農場に販売されて、そこで二年過ごすと、その土地のブランド牛として売られるんだよね。このブランドのあり方には賛否両論あるけど、徳之島自体は出産と子育て環境が整っているってことなんだろうね。だから、ずっと興味があった」

「じゃあ、どこのブランド牛も、もともとは徳之島で生まれたってことなの？」

「いや、全部ではないよ。例えば、〝神戸ビーフ〟なんかは、とても厳格な基準が設けられていて、兵庫県内で生まれた牛に限定するようなルールになっている。でも、そんなブランド牛はとても珍しい。全国で、子牛を産む産地と、ブランド牛に育てあげる産地とで、分業制が進んでいるんだ。ブランド化が進んで、子牛の数が減って、黒毛和牛の価格が高騰していく中で、代理出産の問題まで起きている」

「牛の代理出産って、どういうこと？」

「中国や欧米を中心に、和牛の価値が高まっている中でさ、子牛を産める母牛の数が足りていないんだよ。だから、例えば、北海道や東北で数の多い乳牛に、黒毛和牛の受精卵を移植して、代理で産ませるケースも出てきているんだ」

「嘘でしょ」

荒木が眉間にしわを寄せた。

「いやあ、それが、現実に起きているんだよ。実際、肉質的には問題ないらしく、研究が進んでいるだけでなく、ビジネス市場はかなりでかくなっているみたい」

「うわー。すごい時代になったね。でもさ、ある意味、賢い戦略なんじゃないのかな。だって、出産は大変だろうけど、子牛を短期間育てて売り抜いて、その繰り返しをすれば効率的だよね」

亀助は、「おっしゃる通りで」と唸った。

「黒毛和牛なんて、全国に凄《すさ》まじい数のブランドが乱立しているからさ、後発組が老舗《しにせ》と戦っていくのは大変だと思う。ブランドってみんなが知るレベルまで大きくするには途方もなく時間がかかるからね」

「それにしてもさ、そんな地方の島から依頼が入るって、〝グルメ探偵〟もなかなかメジャーになってきたね」

つい苦笑いしてしまう。亀助も、まさか、鹿児島の離島から、〈拝啓、グルメ探偵亀助様〉という書き出しで、仕事の依頼が入るとは思ってもみなかったのだ。

「いやあ、まあ、サイトでひっかかったんだろうね。昔は広告代理店に相談していた話が、いまは、どこの自治体も、PR手法をSNSとかに切り替えていて、こうして依頼も個人にする時代になったんだね」

徳之島には、三つの町があるが、そのうちの伊仙町《いせんちょう》という南部に位置する町から「地域活性のお手伝いをしてほしい」という依頼が亀助に入った。何通かメールのやりとりをした後、ネットの会議システムを使って打ち合わせをした。聞けば、町にはいろんな食材がある。牛や島豚、山羊《やぎ》もいるし、伊勢海老も獲れる。さとうきびや黒糖もあるし、珍しい長寿の草もあるという。次第に興味を惹《ひ》かれて島を訪れてみたくなったというわけなのだ。

「お、そろそろ、島が見えてきたね」

二人で窓から覗き込む。島が近づき、どんどん大きくなっていく。海は果てしなく綺麗で透明感がある。ほどなく機体が空港の滑走路に着陸した。停《と》まると、タラップを下って地上に降りた。機体の前に回り込んで、荒木と写真を撮り合う。かっこいいというか、かわいい機体なのだ。

ターミナルビルに向かって歩いていくと、屋根に大きく表示されている〝徳之島子宝空港〟という文字が目に飛び込んできた。

「〝子宝空港〟って、なかなかすごい名前だよね」

荒木が嬉しそうにつぶやいた。このご時世に、子供が多いと聞いているが、それは人間だけではない。牛も子宝に恵まれているということなのだ。

「そう、徳之島には、三つの町があるけど、市区町村単位の、合計特殊出生率で、三町が全国トップテンに入っている。中でも、最高は伊仙町で二・八もある。全国平均は、一・四だから、倍だよね」

荒木が「嘘でしょ」と身を乗り出してきた。亀助は首を大きく振って否定した。

「すごいよね。こんな時代に」

荒木が「へー、マジかー」と感嘆の声を上げている。

「奈央ちゃんは、子ども欲しいって言っていたよね」

亀助は言ってから、センシティブな話題だけに、まずかったかなと荒木の顔を盗み見た。

「うん、絶対に欲しい。できれば、二人くらい。大学生の時に立てた計画では、もう二人目を産んでいる予定だったから、ちょっと焦ってる。一人目は遅くとも、三十歳くらいまでに欲しいんだけどさ。あいつがそこんとこをどう考えているのか」

荒木の恋人である小室は明日、島に来ることになっている。

キャリーバッグをターンテーブルで受け取って、到着口に向かう。

すると、前方で役場職員の嘉納孝之《かのうたかゆき》と見知らぬ子供が手を振っている。おかっぱ頭の小さな女の子だ。嘉納は三十代半ばぐらいで、亀助より少し年上だろうか。女の子は嘉納の子供だろうか。「こんにちは」と言って、亀助は手土産を「どうぞ」と、女の子に渡した。白い歯を浮かべて、受け取ってもいいか確認するように嘉納に目をやった。

「改めまして、私がグルメ探偵役の北大路亀助といいます」

名刺を取り出して嘉納に差し出す。

「どうも、嘉納です。お待ちしていました。お土産までありがとうございます」

亀助の視線が子供に張り付いているのを見て目を細めた。

「うちの兄の博之《ひろゆき》の子なんです。ほら、ありがとうは？」と、女の子に挨拶を促す。

「ありがとう」と言われたので、亀助は腰を屈めて「どういたしまして」と答えてから、「名前は？　いくつ？」と聞いた。すると、「ユキ。八歳」と答えた。

荒木が一歩下がって遠慮していたが、嘉納とユキの視線が彼女に向かった。

「あ、彼女は友人の荒木奈央さんでして……」

「どうも。東京でエステティックサロンを経営しています、荒木と申します。北大路さんとはグルメ仲間なんです。島に興味があって、ついてきてしまったのですが、仕事の邪魔だけは絶対にしませんので！」

嘉納の顔には、明らかに「恋人でしょ」という表情が浮かんでいる。それだけは否定しておかなくては……。

「彼女には恋人がいまして、その彼も明日には到着するんです。僕は彼女にレシピ開発の仕事を手伝ってもらおうと思っていますが、基本的に昼間は、別行動をしますから」

亀助は、なんとか、「ちゃんと仕事で来ていますからね」アピールをする。

「せっかくなので、一緒に飲みましょう」

嘉納が誘うと、「ええ、ぜひ」と荒木が前のめりに受け入れた。

「じゃあ、島を案内がてら、まずはお宿まで案内しますね」

宿は、嘉納に紹介された〝徳之島民泊〟といわれている宿泊施設だ。元は空き家だった一軒家をリノベーションしたらしい。

亀助と荒木はクルマのトランクにキャリーバッグを入れると、後部座席に乗り込んだ。

「見たい場所ってありますか」

嘉納に聞かれると、亀助が答える前に荒木が身を乗り出していた。

「やっぱり、闘牛場ですかね。そうだ、闘牛で横綱になったら賞金はすごいんですか」

「おうちに横綱いる」

八歳児のユキの言葉を、亀助は聞き逃さず、身を乗り出した。

「本当ですか？　嘉納さん、横綱の闘牛を飼っているんですか！」

「ええ、まあ……。うち、ぶっちゃけ、豪農なんですよ」

一瞬で車内が笑いに包まれた。

「いやあ、まあ、冗談ですけど。家業を継いだ兄貴が子牛の繁殖をしながら、闘牛も何頭か大切に育てているのですが、そのうちの一頭がたまたま勝っちゃいまして」

「すごい！　じゃあ、横綱を見られるんですか」

「ええ、減るもんじゃありませんし、乗っても、抱きついても、何をしてもいいですよ」

亀助と荒木は顔を見合わせた。

「すごく嬉しいです」

亀助がいうと、ユキが嘉納に向かって小声でなにかのサインを送っている。

「名前、言っていい？」

「いや。恥ずかしいよ」

なにかの押し問答をしているようだ。

「なんですか。何を隠しているんですか？」

亀助は、笑って問いかけた。すると、ユキが白い歯を見せた。上の歯が抜けていてかわいい。

「いやあ、あの、なんていうか、牛の名前なんですけど。みんな、けっこう、かっこつけて、プロレスラーのリングネームみたいなのをつけるんですよ。〝ダイナマイト白龍〟とか、〝力道山1号〟とか、そんな感じでですね」

嘉納が恥ずかしそうに話し始めたが、どんな名前なのだろうか。

「うんうん、ネットで調べていたら、そういうのが出てきましたよ」

荒木がテンション高めに切り返した。

「でしょ。で、うちの飼っている横綱なんですけどね。ちょっと、お恥ずかしいのですが無双……」

嘉納が言い淀む。いったい、なんていう名前なのか。

「〝亀之助《かめのすけ》〟なんです」

「え、マジですか？」

亀助は驚きのあまり、大声を上げた。嬉しさで頬が緩んでいるのがはっきりとわかった。亀助の名付け親は祖父の平吉だが、亀助か、亀之助で迷ったと聞いたことがある。

「マジなんですよ。おじいの名前は亀吉《かめきち》なんですが、この島は海に行けば亀に出会えますし、なにせここは長寿の島ですから〝亀津《かめつ》〟や〝亀徳《かめとく》〟っていう土地もあります。縁起物である亀の人気は高いんですよ」

「そ、そうでしょうね」

亀助は苦笑いをしながら、相槌を打つ。なるほど、これも亀助が遠く離れた土地に呼ばれた小さな理由の一つというか、縁なのか。

そうこうしている間に、クルマが広大な敷地の民家に入っていく。表札に〝嘉納ファーム〟とある。どうやら、ここが嘉納の実家のようだ。敷地は広いし、家も立派だ。

「どうぞ。ここがうちです。そんなに時間もないので、亀之助だけ見てやってください」

嘉納とユキに案内されるまま、牛舎に近づいていくと、入り口に縄のようなものが吊るされてあり、可憐《かれん》な白い花が咲いた木の枝が刺さっているのに気づいた。

「これは何か意味があるんですか？」

亀助が問うと「それは魔除《まよ》けなの」と、ユキが嬉しそうに答えた。

「その花は〝トベラ〟と言います。我々は闘牛の取り組みが決定したら、先祖に報告しまして、牛舎に左綱を張って、そこにこのトベラの枝を刺し、角研ぎの儀式を行います。試合当日、出陣に際しては右角に塩を載せ、左角には焼酎を注いで祈ります」

嘉納がユキの説明を補足する間、亀助は背筋が伸びるのを意識した。なんと神聖な文化なのだろう。ユキに「匂いを嗅いでみて」と言われたので、亀助が〝トベラ〟に鼻を近づけると芳香がした。

そして、嘉納に案内されるまま牛舎のドアを開けて足を踏み入れる。するとそこに、立派な体軀《たいく》の黒毛和牛が五頭ほどいた。その中でも肉付きがよく、不思議なオーラを放ち、一際目を引く一頭が、こちらを睨みつけている。鼻息が荒い。

亀助はダイエットのために、格闘技ジムに通い始めていた。まだまだ自分がへなちょこなだけに、闘牛の迫力に興奮を感じる。亀助は亀之助に出会い、運命的なものを感じていた。

「嘉納さん、この牛ですか？」

「さすがっす」と言って、ゲラゲラと笑う。

「探偵、全然似てないけど、一緒に写真撮ってあげるよ。ほら、近づいて」

荒木に促され、亀助は恐る恐る、亀之助のそばに近づいて荒木のｉＰｈｏｎｅに向かってピースサインを送った。そして、「いや、似ているわけなくね？」と、ワンテンポ遅れてツッコミを入れた。

「それにしても、立派ですね。何キロあるんですか」

「約一トンですね。九五〇キログラムより上が、重量級として、横綱になる資格があります。九五〇キロ以下が中量級。八五〇キロ以下が軽量級。で、七五〇キロ以下がミニ軽量級ということで、それぞれ、タイトル戦が行われるんです」

「そのタイトル戦に出たら、賞金がすごいんですかね？」

「いいえ、実は、賞金はないんですよ」

亀助が驚きの声を上げる前に、荒木が「なにそれ」と声を荒げていた。

「ただ、その代わり、勝っても負けても、出場料として百万円出ます」

「え、出ただけで、百万円ですか。勝っても、負けても？」

「そうなんです。ガチンコですから、再起不能になっちゃうリスクもあるんですよ」

亀助は大きく頷いていた。亀之助の立派な角が目に飛び込んでくる。これに刺されたらひとたまりもないだろう。

「勝った方も負けた方ももう出られなくなってしまう可能性があるってことですね」

「でも、五戦、ちゃんと戦ったらそれだけでファイトマネーが五百万円か。すごいな。やっぱり、そのファイトマネーが目的ですか」

荒木が、亀助が聞きたかったことを率直になげかけた。

「うーん、なんていうか、恥ずかしいですが、その、横綱を持っていたら、ステータスにはなりますね。島で一目置かれるというか……」

「ステータスですか。意地と意地がぶつかり合うわけでしょうけど、例えば、対戦相手が知り合いの牛だったら、勝負の後、気まずくなるとかないんですか」

　嘉納が苦笑いを浮かべた。

「いやあ、普通にありますよ。例えば、職場の課長のお兄さんの牛と戦ったこともありましたが、いまだにネタにされます。亀之助が勝っちゃったんで、お前、いつか覚えとけよ、みたいな」

　嘉納が笑っているということは、そこまで本気ではないのだろう。

「課長さんのお兄さんのところも牛主なのですね。ところで、徳之島はみなさん、兄弟が多いのですか」

「ええ、うちは三人きょうだいですが、この島は世代に関係なく、兄弟は多いですね。若い人でも、五人くらい兄弟のいる人はざらにいますね。それで、農家なんかはやっぱり、長男が継ぐケースが多いです」

「闘牛を育てるのはかなり大変だと思いますが、ファイトマネーだけということは、ほとんどプライドのためにがんばる感じじゃないですか。そういうのって、今の時代だと敬遠されそうですけど、そういうことはないんですか」

「うん、まあ、それは島の伝統的な文化ですし、ちゃんと、バトンが渡されていますからね。それを守るための暗黙のルールみたいなものもありますから」

亀助は、馴染《なじ》みのない闘牛の文化に興味津々だった。

「質問ばかりですみません、どうやって、その賞金というか、ファイトマネーが賄われるのですか。入場料が三千円として、千人が払って、三百万円ですよね」

嘉納が苦笑いする。

「ええ、その通りで、もちろん、それだけでは足りません。不足分は、広告料や協賛金で賄います。闘牛大会で必要となる経費は、ファイトマネー、場所代、懸賞品代、プログラムやチケット印刷などの消耗品代、チケット販売やもぎり・入場整理などの人件費、興行宣伝にかかる車輛《しゃりょう》燃料費、あとは、食事代などに充てる日当なんかもありまして、多岐にわたります」

現実的にはそうなるのだろう。だから不思議に思っていた。

「闘牛大会の開催に当たっては、資金力で興行の良し悪しが決まりますが、いかんせん、興行は水物ですし、近年は団体や組合形式で出資して興行を開催し、不足分は、闘牛連合会からの貸付け、広告料などで賄う感じですね」

「闘牛連合会というのもあるのですね」

亀助がｉＰｈｏｎｅで調べようとすると、荒木が手を挙げた。

「はい、じゃあ、横綱を買いたいって言ったら、いくらくらいで買えるのですか」

嘉納が首を傾げて、亀之助の背中を優しく撫《な》でた。

「横綱だと、最低五百万円から取引されますし、格の高い横綱だと、一千万円を超えることもありますね」

「横綱にも、格があるのですか……」

嘉納が亀助の目を見つめて頷いた。

「ええ、リアルな相撲の世界と同じです。やっぱり、白鵬とか、朝青龍、貴乃花とか、他の横綱と比べて、在位期間も長いですし、優勝回数も多いですよね。牛の世界も一緒で、そういう横綱は、格が高くなるんですよ」

「なるほど……」

まるで人間の世界と一緒だなと、亀助は妙に納得させられていた。

「まあ、そんな下世話な話はこれくらいにして、そろそろ役場に行きましょうか。課長が楽しみに待っているんですよ。早速ですが、夜もご一緒いただけますか」

「ええ、もちろん、そのつもりでした。ぜひお話を聞きたいです」

「それはよかったです。課長、先週から川にカゴを仕掛けて、一昨日《おととい》も昼からカニを獲りにいきましたからね。大漁だってメールがきました。臭みを取るためにしばらく綺麗な水の中で生かしておくのです」

「え！　カニが！　川でたくさん獲れるんですか」

なんて自然豊かな土地なのだろうか。

「そうなんですよ。だから、夜はお店でカニ鍋ですね」

「超嬉しい！」

亀助が言う前に、荒木が叫んだ。

「とりあえず、民泊にチェックインしてからにしましょう。荷物を置いたらスッキリしますしね。このすぐ近くですから」

手を振るユキとはそこで別れた。クルマで出ようとすると、若い男性が嘉納ファームに入ってこようとしている。こちらに手を振っているのに気づいた。

「あの方は？」と、亀助が問いかけると、「ああ、あいつはナベジュンっていって、近所の幼馴染みです」と言った。亀助も頭を下げると、気さくに笑顔を見せてくれた。

「ちょっと気の毒なんですが、三男坊で、うちと同じで兄貴が農家を継いだのに、あいつは定職についてなくて、金がないんですよ。だからうちでもバイトして小金を稼いでいるんです。島中のいろんな人の使いっ走りですよ」

なるほど、そういう事情があるのはわからなくもない。

「こっちは、近所付き合いも多いでしょうね」

「ええ、みんな顔馴染みですよ。困ったら助けてもらえますしね。ユキの小学校の入学祝いなんて、家に二百人くらいやってきたんですよ」

亀助と荒木は同時に「二百人！」と叫んでいた。祝う側は三千円程度を包んで神酒をもらい、一緒に食卓を囲むのが習わしらしい。

嘉納に案内されるまま、期待に胸を膨らませていた。嘉納ファームから十分もかからずに、クルマは道路の脇に入り、海岸に面した宿の駐車スペースに到着した。目の前に美しい海が広がっている。

「こっちが、荒木さんの泊まる家ですね。で、そっちが、亀助さんの家です」

「うわ。めっちゃ素敵な宿ですね。じゃあ、ちょっと荷物だけ置いてきますね。彼女は宿で待機していてもらうつもりです」

「はい、では夜ご飯楽しみにしています」

荒木が隣にある別の宿に向かった。

おそらく、台風などに耐えるためだろうが、珊瑚石《さんごいし》の塀で取り囲まれているため、家自体はよく見えない。薄い赤の瓦屋根をかぶった平屋のようだ。門を入ると、その姿を現した。外見は築年数を感じさせる。鍵を回してドアを開けた。広々とした玄関から、部屋に足を踏み入れる。リノベーションされているだけあって、とても綺麗だ。そして、ベッドルームからも、どの部屋からも海を見渡せるのが素晴らしい。キッチンは広く、コンロは三口あり、食器も調理器具も揃っていて料理するのになんら問題はない。

キャリーバッグから手土産とＭａｃを取り出して、再びクルマに戻った。

荒木は役場に行く必要がないので、宿でのんびりしていてもらうことにした。

## 2

嘉納の運転するステップワゴンが役場に到着した。

亀助はトートバッグと手土産を持って、後部座席から降りる。階段を上がって、「地方創生課」の応接室に案内された。ほどなく、人の気配を感じて立ち上がる。

「どうも、あなたが、グルメ探偵の亀助さんですか」

ダブルのスーツ姿の男性は、ネクタイはしているが、柄物のシャツで、髪形はパンチパーマだ。いかにもケンカが強そうな男性だった。名刺を取り出して交換しようとして、ゴールドのロレックスをしているのが目に入った。

名刺には、《伊仙町　地方創生課　課長　大久保俊也《おおくぼとしや》》とある。

「大久保課長、はじめまして。この度は仕事をご依頼いただき、ありがとうございます」

「いいえ、こんな遠い島に来ていただき、感謝しております」

椅子に座るように促されたので、恐縮しつつ腰を下ろす。

「ご存知かと思いますが、我々の町は、農業や漁業が基幹産業です。畜産業に関しては、ブランド牛の黒子に徹してきたのですが、地方創生の時代ですから、全国的に名物になるような商品開発をしてほしいんです。でも、誰でも彼でも、島を荒らすような観光客に来てもらいたいわけではありません」

亀助は姿勢を正した。すると、大久保が両手を広げて頬を緩める。

「例えばふるさと納税で、全国から寄付がドッと集まる感じにしたいんですよ」

「はい、事前に、ある程度のご要望は聞いておりました」

全国各地の自治体が抱えている課題だろう。

「こちらが、島の食材や特産品なんですが……」

嘉納が資料を差し出してきた。

「ネット会議でのヒアリングを踏まえて、事前にリサーチして目星もつけてきました」

「なんと。仕事が早いですね。ありがとうございます」

大久保が驚いた様子で、亀助を見つめている。

「季節にもよるかとは思いますが、マンゴー、黒糖、それに、ちょっと意外だったところでは、ジャガイモや生姜も作っているそうですね」

「そうなんです。ジャガイモと生姜はうちも作っていますが、美味しいですし、地味に特産なんですよ」

嘉納が声を張り上げた。

「はい、ばっちり、ジャガイモと生姜を使ったレシピも検討しています。今回、せっかく、立派なキッチン付きの宿をご用意いただいていますから、いろんな料理を作りたいですね」

大久保の白い歯がこぼれた。

「それはありがたい。ぜひ、いろいろ作ってください。なにか、すでにお考えがあるのですね」

亀助は、大久保に尋ねられて、ゆっくりと顎を引いた。

「はい。島カレーを作れないかなと考えているんです。国民食でみんな大好きですから」

「ほお、カレーですか」

「事前に調べたところ、島の水はかなりミネラルが豊富な硬水だそうですね。せっかくなので、このお水を生かしたい」

島に降り注ぐ雨は、約百六十万年も前に形成された珊瑚礁《しょう》を通って浄化されていくと同時に、豊富なミネラル分を吸収して、鍾乳洞《しょうにゅうどう》の奥深くへと入っていくそうだ。この天然水は当然、カルシウムやマグネシムなどが豊富で、結果、島の住民たちは、骨密度が高いという研究データが出ているのを事前に調べておいたのだ。

「ええ、そうなんですよ。さすが、グルメ探偵さんだ」

大久保が嘉納に視線を送ったので、まずは一定の評価をしてくれているのではないかと、一安心する。

「その水を使いたいというのもありますが、牛肉、豚肉、そして、ジャガイモだってある。それに、黒糖や黒糖焼酎、生姜なんかも隠し味にできますよね。僕は料理研究家ではないので、最終的には島の栄養士さんに完成させてもらうイメージでいます。まあ、カレーはまずくなる方が珍しいですから、安心してください」

大久保から再び、白い歯がこぼれた。事前に、島では入手しづらいと思われたスパイスをいくつか持ち込んでいた。ビリヤニのように炊き込みご飯にするか、ドライカレーにしてもいいかもしれない。

亀助は、長寿の島として知られるこの徳之島で、〝ご長寿カレー〟を作れば、かなり話題性があるのではないか、ビジネスになるのではないかと踏んでいた。役場からの依頼だし、自分が一儲けをしたいわけではないが、自分の持ち味を生かして貢献できるのではないかという希望を抱いている。

「では、後日、亀助さんの特製カレーをいただくとしまして。今日はね、歓迎の気持ちをこめて、島の郷土料理を味わってください」

改めてテンションが上がる。

「わざわざカニを獲ってきてくださったそうで。すごく楽しみです」

「美味しいですよ。下処理が肝心なのですが、完璧ですよ」

優しい。こんな強面《こわおもて》なのに、なんて、優しいのだろう。でも、怒らせたら、絶対に怖い。これは結果を出さなければ……。

亀助は恐縮しつつ、頭を下げた。

嘉納が荒木の話をしてくれたので、亀助は救われた思いがした。

「ほお、もちろんいいですよ。美女なら何人でも大歓迎だ」

亀助は言いづらかったが、「グルメ仲間でして」と、切り出した。

「ほお、そうですか」と、なにか、踏み込めずにいるようだ。

「荒木奈央さんといいますが、彼女の恋人が明日来るんですよ」

「ほお、三角関係ですか」

大久保が冷やかしてきたので、みんなが笑った。強面だがユーモアもあるようだ。

「ええ、二人が一緒になって僕は取り残されそうな状況ですが、まあ、味にうるさい友人なので、カレーを試食させようと思っています。なにぶん、自分で料理をしますから、主観だけでなく、いろんな人の率直な意見を聞きたいんです」

「なるほど、それはいいアイデアですね。さすが、仕事のできる方だ」

亀助は右手を大きく振って、必死に否定をしてみせる。

「島は、グルッと一周しましたか」

「いいえ、空港から嘉納ファームに寄って、お宿に荷物を置いて、そのまま来ました」

嘉納が代わりに答えてくれた。

「そしたら、まだ、犬田布岬《いぬたぶみさき》は行ってないのか。それは、早めに行った方がいいな」

犬田布岬というと、〝戦艦大和〟の慰霊塔がそびえ立つ場所ではないか。闘牛場以外では、そこだけは行きたいと思っていた。

「私も、早いうちに訪れたいと思っていたのですが……」

「そうですね。この島の平和を守ってくれている場所なんですよ。ぜひ、手を合わせていただきたい。それじゃあ、私がいまから案内しましょうか」

こう言われたら、断るわけにはいかない。亀助が答える前から、大久保はその気になって腕時計に目をやると、立ち上がった。

「じゃあ、俺がご案内するから。そしたら、そのまま店に集合な」

大久保がそう言って足早に部屋を出ていくと、嘉納が亀助を見つめて「いつも、ああなんですよ」と、顔をほころばせた。

「強面なのに、優しい方ですね」

嘉納が「怒ったらめっちゃ怖いですけどね。部下への詰め方が、ほとんどヤクザですよ」と噴き出した。やはり、そうなのか。少しだけ待っていると、〝ルイ・ヴィトン〟のバッグを抱えた大久保が「それじゃあ、行きますか」と言って階段に向かって歩き出したので、ついていく。

嘉納に、「じゃあ、後ほど」と挨拶をして別れる。

駐車場に停めてあった大久保のクルマは、なんと黒塗りの〝トヨタ・セルシオ〟だった。しかも、三代目後期型のいまなお中古市場で人気の車種だ。窓ガラスにはスモークが貼られてあり、ステアリングは、木製のものにカスタマイズしている。東京でこんなクルマが走っていたら、みんな道を譲るだろう。

「セルシオはやはり三代目ですよね。か、かっこよさが色褪《いろあ》せません」

「ほお、よくご存知ですね。クルマはお好きですか」

亀助は「好きですが、恥ずかしながら、電動自転車しか持っていないんです」と返す。すると、大久保が目尻を下げて、「助手席へどうぞ」と勧めてくれた。

「すみません、じゃあ、失礼します」と言って、重厚なドアを開けて、恐る恐る、中に入る。ものすごい高級感だ。

エンジンがかかると、ゆっくりとセルシオが動き始めた。ほどなく、道路脇の居酒屋を指さして、「あそこが一次会の店です」と言った。亀助が目をこらすと、《ワイドワイド》とカタカナ表記されていた。

「課長、あのお店の名前、ワイドワイドって、どういう意味ですか？」

「まあ、あれは、闘牛の掛け声でして、〝わっしょい、わっしょい〟とか、〝やった、やった〟みたいなニュアンスですかね。ワイド節という歌もあるんですよ」

「なるほど、景気を出すときの掛け声ということですね。ただ、島に来た人間が気軽に使いこなすには、少しハードルが高いですね」

「そうかもしれませんね、ふっふっふ」と、大久保が低い声で笑った。

「それで、どうですか、島の印象は？　まだいらっしゃったばかりですが」

「いやあ、正直、日本にまだこんなに自然豊かで文化もユニークな島が残っていたのかと驚いています。長生きをされている方も多いし、子宝の島でもあって、その根底にあるのは豊かさですよね」

大久保が頬を緩めた。

「なんていうか、いい意味で、観光地化されていなくて、独自の文化を守っているんだなというのが伝わってきます。偏見じゃないですが、日本各地、いまはどこに行っても海外からの観光客が多くて、マナーの問題も起きています。ただ、観光客からの収入に頼っているだけに、目を瞑っているようなところもある。この島では、まだ一人も観光客をみていません」

大久保が真剣な眼差《まなざ》しで亀助を見つめると、深く頷いた。

「ええ、ほとんどいませんね。あまり、興味を持たれない島かもしれない。でも、それでいいんですよ。我々は、島を荒らされたくはない」

そんな会話をしているうちに、のどかな集落を越えて、セルシオのカーナビが目的地に近づいていることを示した。クルマを降りると駐車場からも、なんとなく、厳かな雰囲気が伝わってくる。大久保に続いて、綺麗に整備されたスロープを歩いて下りていく。

それは壮観な光景だった。広い空と海が広がっているのだ。そして、芝生の先に、荒々しい海を背にして、慰霊塔らしきモニュメントがそびえ立っている。

「あれが、戦艦大和に乗っていた戦没者の魂をまつる慰霊塔ですよね」

「ええ、大和の司令塔と同じ二十四メートルなんですよ。実際、このすぐそばで大和が沈んだわけではないんですが、長い間、この島の沖が沈没位置と考えられてきたので、ここに立てたのです」

大久保はそういって、青々とした芝生の上を進み、どんどん慰霊塔に近づいていく。そして、目の前までたどり着いた。

「毎年、大和が沈没した四月七日には、慰霊祭が行われるんですが、この島にはホテルがあまりありませんから、奄美大島や鹿児島から日帰りで来る方も多いんですよ」

なるほど、改めて観光地化されていない事実を実感する。

「まあ、こういう特別な場所もありますから、誰でも彼でも来て欲しいというわけではありません」

亀助は何度も頷いていた。今度は、大久保を追いかけて断崖絶壁の方に進む。すると、崖の下には、激しい渦潮があった。
「あの渦すごいでしょ。あそこに人が落ちたら、二度と上がってこないと言われていま
す。まあ、きっと、何人かは落ちていますよ。ふっふっふ」
また、低い声で笑っている。亀助は、苦笑いを浮かべていた。調子に乗って俺たちに
舐めた真似《まね》をしたら落とすぞと言っているように思えなくもない……。
「また、滞在中に足を運んでください。毎日、天気によって違う景色が見られますから、
何度来てもいいですよ」
亀助は「いいですね」と言って、同意した。
「明日、荒木さんの彼氏さんが来たタイミングで、レンタカーを借りるんです。そうす
れば、行動範囲が広がりますからね。島は一周すると八十キロメートルと聞きましたか
ら、自転車ではなかなか時間がかかりそうですね」
大久保が「ええ、うちの町長はよくサイクリングで一周しますが」と言って笑った。
「じゃあ、そろそろいい時間なので、お友達をお迎えに上がってから、お店にいきまし
ょうか」
「はい、お願いします」
荒木を迎えにいく。連絡を入れておいたので、すぐに出てきたが、セルシオとその運
転手を見てかなり驚いている様子が伝わってきた。

「こちらが、課長の大久保さん」

「ど、どうも、はじめまして。荒木と言います。すごい、ＶＩＰカーですね。課長さんが運転していたら、みんな道を譲るんじゃないですか」

荒木がいきなり、そんなことを言い出したので、亀助はドキドキしたが、大久保がいった年上の男性を転がすのが得意なのだ。今日は接待を荒木に任せようと心に決めた。

「うん。譲られる」と笑ってくれたので、ホッとした。よくよく考えれば、荒木はこう
居酒屋《ワイドワイド》に到着した。座敷に四人がけのテーブルが三つと、カウンター席が五つ程度の小さな店内だ。座敷に入ると、亀助は、先に来ていた嘉納の隣の席に腰を下ろした。まだまだ、闘牛について聞きたいことだらけだ。

テーブルの上にはガスコンロが一台置かれていて、その上に鍋が置かれた。覗き込むと、例のカニが何杯も入っているではないか。

すぐに、ｉＰｈｏｎｅを取り出して撮影を行う。中型で上海蟹《シャンハイがに》に似ているようだ。

「これは、カニが一体、何杯入っているんですか」

「十五匹獲ったから、二杯塩茹《ゆ》でにした以外、全部かな」

「なんて贅沢なの！」と、荒木が叫んだ。四人で食べる鍋に、十三杯とは……。

「なんというカニですか」と、亀助は冷静に質問を投げかける。

「これは、〝モクズガニ〟ですね。我々は、〝コウガン〟とか、単純に、〝ガン〟なんて

呼びますね」

亀助は、川で獲れるとは、いったいどんなカニかと楽しみではあったが、まさか、モクズガニとは思ってもいなかった。ハサミに藻のような毛がついているのが特徴だ。

「なんと、上海蟹と味も近しいモクズガニですか。日本では、どこの地域でも激減しているのに、さすが徳之島は、自然が豊かということですね」

大久保が嬉しそうに目を細める。

「やっぱり、グルメな人と話すと楽しいな。嘉納、お前、目利きができるじゃないか」

「だから、言ったじゃないですか。この人しかいないって」

嘉納も満足げだ。続いて、料理がどんどんテーブルに運ばれてきた。豚足のような料理があった。沖縄でも豚足の料理は見かける機会が多いが、食文化が似ているのだろう。

「この豚足は、料理名があるんですか」

「ええ、これは〝ワンフニ〟と呼んでいます。島豚を黒糖焼酎や黒糖、醤油でほろほろになるまで煮込んだ島の郷土料理です。さあ、はじめましょう。では、亀助さん、荒木さん、島へようこそ」

まずは、生ビールで乾杯をする。亀助はジョッキを呷《あお》った後、早速、「いただきます」と言って、ワンフニを一口頰張った。身がとても柔らかい。豚肉の旨味が凝縮した味わいだ。脂なんか気にするなと亀助は自分に言い聞かせ、もう一切れに箸を伸ばした。

すると、新しい料理がやってきた。揚げ物ではないか。揚げ物なんか気にするなと、再び心の中で言い聞かせる。よく見ると、中身はヘルシーな海藻系だ。

「これはアオサの天ぷらですか？」

「ええ、そうです。揚げ方が重要ですが、ここはなかなか美味しいんですよ」

嘉納のいう通り、一口食べると、サクッという音が聞こえた。塩気がやや強い気がするが酒が進む。確かに、アオサはベチャッとなることが多い。

「そういえば、嘉納さんはずっと公務員をされているんですか」

「いいえ、先程も言いましたがうちは三人きょうだいでして、兄が農家を継ぐことに決まっていたんですよ。二番目は大阪に嫁いでいますね。で、僕も大学で一度、東京に出て、会社員をしていたんですけど、母が病気をして心配になったこともあって、やっぱり、島の生活があっているなって思って帰ってきました。そこで運良く、役場に就職できました」

実家が豪農でなおかつ、外に安定した職を得ているところが、幼馴染みのナベジュンこと渡辺《わたなべ》との違いだろう。

「なるほど、やはり、島の水が合うってことですかね」

「まあ、実家にいると、仕事を手伝わされてしまいますがね。兄も父も、人使いが荒くて。結局、お袋はガンで亡くなってしまったんですよ」

亀助は頷きながら、聞きたかったことを脳内で整理する。

「改めてお聞きしたいのですが、こちらの牛飼いの農家さんには、闘牛以外で、大きくなるまで牛を育てる方はいないのですか」

「ええ、ほとんどいませんね。繁殖牛は概《おおむ》ね八ヶ月を目安に競りにかけます。それ以上、飼養することはコストの面でマイナスにしかならないのです。特に子牛の定義は十二ヶ月未満なので、それを超えると肉用牛としてのブランドが大幅に低下します。だから、闘牛以外で大きくなるまで育てている農家は島ではほとんどいませんね」

コスト面の管理をそれだけ徹底しているということなのか。

「それに、やはり、闘牛用と、出荷する牛じゃ、子供の作り方も違いますから」

すると荒木が反応し、「子作りの仕方が違うんですか」と大きな声を上げた。

「ええ。闘牛は横綱をはじめとする名牛のＤＮＡを受け継ぎたい。なので、母牛に直接交尾をさせて子牛を生産しています。亀之助もかつての名横綱の血をひいています」

「なるほど。確か、今週末に闘牛の試合があるんですよね」

「そうなんですよ。亀助さんには、ぜひ見ていただきたい。地方場所というのは、けっこうよく開催されているのですが、〝全島大会〟というのは、年に三回だけなんです。それはかなり盛り上がりますね。だいたい、二千人から三千人は集まるのではないでしょうか」

「島の人口は確か、二万三千人と聞きましたが、そんなに……。観光客もたくさん来ますか？」

「うーん、来ますけど、島の人がメインじゃないですかね。三つの町にそれぞれ闘牛場がありますので、持ち回りで開催する感じです」

なるほど、どこか一つの町であれば、恩恵が偏ってしまうが、うまく三つの町でバランスを取っているのかもしれない。

「今回も、亀之助は、出るんですよね」

嘉納が大きく首肯した。

「ええ、もちろん、メインマッチに出ますね。そして、勝ちます」

「さすが、すごい自信ですね。じゃあ、亀之助はそうとう強いということなんですね」

亀助は、嘉納が言い切ったので驚いていた。

「いえ、今回の相手は強敵ですよ。白黒の斑点があって、〝パンダ佐藤〟という名前の横綱です。でも、亀助さんが応援してくれるんですから。間違いありませんよ」

そうか、亀之助が戦っているところを応援するシーンを想像すると不思議な気分になる。負けたら、さぞかしショックだろう。そして、今回の日程は、嘉納から提案されていたのだが、験担ぎの意味もあったのだと亀助は悟った。

「じゃあ、いまは、どこの牛飼いさんもナーバスになっているんじゃないですか」

「ええ、実は、全島大会の一週間くらい前からは、どの牛主も見張りをつけて、牛を守るんです。さっき、うちにいた渡辺もいま頃、見張ってくれているはずです」

そんな見張り役が必要とは。

「なんと、そこまでするんですか……。それって、過去になんか、事件があったということですか」

「まあ、最近はあまり聞かないのですが、実際、過去には嫌がらせみたいなことがあったそうです。例えば、下剤など、牛の体調を損なう薬を入れられたりすることがあったとか。それで、牛主がナーバスになっていると」

「もちろん、出る以上は勝ちたいのでしょうけど、出場しただけでギャラが出るというのに、なぜそこまでするのでしょうか……」

嘉納が、やや険しい表情を浮かべた。

「まあ、大きな声では言えませんが、〝盆屋〟の噂を聞いたことが……」

その言葉を聞いてどこか腑に落ちるものがあった。盆屋は賭場を意味する。

「なるほど……。ありえなくはないですよね。信じたくないですが」

「ええ、まあ。やはり、縁起物なので、気にする人は、悪運を寄せ付けないという意味でも、牛舎に人を入れたがらないそうですよ。勝ち運を呼び込むみたいな。そっちのニュアンスが強いかもしれませんね」

亀助は、これこそ島の文化だなと感じた。

「なるほど。さっきのお話に似た喩《たと》えで言うと、ボクシングなんかでも、対戦が決定してから、双方が相手側のジムに行くのはご法度《はっと》ですもんね」

「ええ、まさにその通りです。暗黙の了解として、島の文化に根付いているものはけっこうありますね」

いつの間にかお酒が入って顔を赤くした大久保が鍋の蓋を開けると、良い香りが広がった。いよいよ、メインディッシュである大久保特製のカニ鍋が出来上がったようだ。

大久保自らよそってくれて、荒木に続いて、亀助にも提供された。

「さあ、冷めないうちに、どうぞ」

お椀《わん》には、カニの身が溢《あふ》れんばかりにごろごろと入っている。

「すみません、じゃあ、お言葉に甘えて」

まずは、汁をすする。味噌ベースで昆布の出汁《だし》も出ているが、大量に投入されたカニの旨味がたっぷりと溶け出していて濃厚だ。その旨味を吸い込んだ長ネギやキャベツも甘みが出ていてまたいい。甲羅にかぶりついて身を吸い出す。スープと相俟《あいま》って、うまい。他の地域では、殻ごとすり潰してしまう食べ方もあるが、やはりこのカニとの格闘もまた、カニ食の大事な要素ではないか。

今度は、塩茹でが二杯、届いた。

「お二人でどうぞ。蟹《かに》味噌も最高ですよ」

亀助は荒木と顔を見合わせた。甲羅を外すと黄色い蟹味噌が姿を現した。赤い内子もあるということはメスのようだ。大久保に言われるままかぶりつき、ミソを吸い込む。コクがあって、お酒が進む。

「川のカニなのに、臭みがまったくありませんね」

顔を真っ赤にした大久保が頷いた。

「だから言ったでしょ。処理が重要なの。綺麗な水の中で生かしておいて、泥やフンを抜くのさ。そしたら、完璧さ。最後はおじやでしめますからね」

「夢に出てきそうですよ……」

亀助が声を上げると、大久保が頬を緩めた。

3

目覚めてすぐの景色がこれなのか。なんて贅沢な眺めだろう。

ベッドの上から、太陽の光が反射して青々ときらめく海が見えるのだ。浅瀬が続いているようで、とても穏やかな気持ちになる。ふと気づいたが、船らしきものも一切見えない。漁場でないのかもしれないが、それにしてもこの島はどこも空間が豊かだ。

昨夜は酔っ払っていたので、なにも考えずに、カーテンを閉めずに寝たのが逆によかった。七時にセットしたアラームを解除して、トイレへと向かった。昨日は、島に来て最初の夜だったため、二十三時頃にはお開きとなった。それでも、十八時から飲み続け、三杯目からは、ずっと島の名物である黒糖焼酎を飲み続けた。

トイレを出た亀助は、テラスに出て美しい海を窓から眺めつつ、インスタントコーヒーを作った。

一口ストレートで味わってみる。一般的に、硬水よりは軟水の方が、味はやわらかくなり、コーヒーに適していると言われる。硬水は酸味を消すため、このコーヒーも酸味が弱いなと、亀助は喉を潤しながら、しみじみ感じていた。

今度は温めた豆乳を加える。そして、コーヒーカップを片手に、テラスから外に出るとビーチサンダルで砂浜に向かって歩く。珊瑚礁の白い砂浜が見渡す限り広がっていてとても美しい。驚くことに人影はまったくない。天気も良くて最高の気分だ。

戻ってくると、今度は鍋に水をたっぷりと入れて、コンロに火をつけた。さらにお米を研いで、炊飯ジャーにセットする。キャリーバッグから、大きなジップロックの袋を取り出して、テーブルの上に置いていく。スパイスは上野のアメ横にある専門店で二十種類くらいを買って持ってきた。コリアンダーパウダー、クミンパウダー、ターメリック、そして、レッドチリパウダー……。

蛇口をひねって、水をコップに受け止めると、一口飲んでみる。端的に表現すると、軟水が味を引き出す効果があるのに対して、硬水は味を閉じ込める効果がある。カレーに関しては、硬水の方が適しているという考え方で合っているはずだ。硬水には、マグネシウムやカルシウムが豊富なので、そのぶん、煮込み料理は美味しく仕上がるのだ。ジャガイモの煮崩れも少ない。ただ、アクをしっかり取り除かなければ、肉の臭みが残ってしまうし、肉自体、硬くなってしまうのだが……。

「よし、やるか」

まず、一品目は、島の生姜をたっぷり使った、〝ジンジャーキーマカレー〟だ。熱したフライパンに、カルダモンパウダー、クミンパウダー、ナツメグ、チリパウダーを小さじ一杯ずつ合わせる。そこにみじん切りにした生姜と玉ねぎ、ニンニクを入れてしっかり炒《いた》めていく。ニンニクの香りが立ってきたところで、牛と豚の合挽き肉をたっぷりと投入してさらに炒める。水の代わりに黒糖焼酎を入れて、水気がなくなるまで中火で加熱する。最後に塩を入れてスプーンで味見したところ、なかなかの味だった。

「これは、いけるな……」

上機嫌の亀助は、二品目に取り掛かる。昨日ひらめいた、〝ワンフニ&パパイヤのスープカレー〟だ。これは未知数のチャレンジレシピだった。まずは豚の肩ブロックとパパイヤを、スパイスだけでなく黒糖も使って煮込んでいく。そこにドライバジル、クミンシード、シナモンスティックを入れて水道水を注ぎ込む。

ワンフニはもう少し時間をかけたかったが、悪くはない。スープもうまい。だが、肝心のパパイヤに味はあまりない。食感としては、大根のようだが、味はほとんどないのだ。他は悪くないのに、まるで意味をなしていない。これは、大ぶりな島のジャガイモを代用して使えばいいだけだな。早速、他の鍋を使ってジャガイモを煮始めた。

八時半になった頃、家のチャイムがなった。玄関に向かうと、スッピンに近い荒木が顔をのぞかせた。

「おはよう。あ、ちょっと、スッピンだから、あんまり見ないで」

「わかったよ。なかなか難しいオーダーだけど、わかった」

亀助は荒木の顔を見ないように意識して、リビングのテーブルへと案内する。だが、勝手にベッドルームに入ってしまったようだ。

「うわー、めっちゃいい部屋だね。こっちはまた、オシャレな内装だな。オーシャンビューのベッドルームはずるいわー」

そういうと、やっとリビングに入ってきてテーブルについた。

「あ、そういえばさ、この町でコーヒーを作っているらしいね」

亀助は「そうだった！　買って帰らなきゃ」と声を上げた。亀助が毎朝コーヒーを飲むと知った大久保が、徳之島コーヒーについて教えてくれたのだ。コーヒー豆の栽培は日本ではかなり珍しい。

そして、炊きあがっていたターメリックライスの上にキーマカレーをよそった。中央にくぼみを作って、計算して茹でた半熟卵を落とした。我ながら完璧だ。

「はい、まずは、ジンジャーキーマカレーだよ。どう？　絶対に美味しいよ」

亀助がドヤ顔をすると、荒木がカレーより先に亀助の姿をｉＰｈｏｎｅで撮影し始めた。亀助が腕を組んでポーズを取った途端、ｉＰｈｏｎｅをカレーに向けた。

「いいね。見た目もオシャレだし、美味しそうじゃん」

やはり、ビジュアル的にキーマカレーはオシャレ感が出るのがいい。

「じゃあ、いただきます」

荒木が木のスプーンで掬って、口の中に入れた。

「うーん、美味しい！　生姜が効いていて、なんかカラダがポカポカしてきた」

「そうだね。これは、女子ウケもいいだろうなって」

どんどんスプーンが進んでいく。

「めっちゃ、美味しい。お代わりしちゃうかも……」

亀助が待っていた言葉だった。

「ありがとう。でも、せっかくだから、別のも食べてみてよ」

亀助はそういうと、〝ワンフニ＆パパイヤのスープカレー〟改め、〝ワンフニ＆ジャガイモのスープカレー〟をよそった。

「美味しそう！　朝から、食わせるね。あんた、食わせるね！」

荒木は嬉しそうにそう言うと、スプーンで掬って口に含んだ。

「うーん、なかなかやるね」

亀助は、「そりゃあ、どうも」と頭を下げた。荒木のスッピンも見慣れてきた。

「ワンフニ、やっぱり美味しい。こりゃあ、ライスが食べたくなるけど、これ以上食べたらやばいでしょ」

荒木がそう言ったので、亀助は半分ほどになったスープを受け取って食べ始めた。やっぱり、なかなかいいじゃないか。

「で、ランチは、なにを作ってくれるの？」

「マンゴーカレーと、ヤギカレーだね」

「へえ、どっちも、珍しいね」

「うん、やっぱり、個性は必要だと思うんだよね。島ならではのレシピにこだわりたい」

「まあ、それだけ味が違うなら、三食、カレーでもいいかも」

カレーはやはりそうなる。レトルトにしてもニーズは高いはずなのだ。

「あ、そうだ。役場の人を呼んでもいいかな？」

「いいんじゃない。みんな、お昼は家に帰って食べてるって言ってたもんね」

するると、荒木の着信音が響いた。

「あ、トシからだ」

荒木が嬉しそうに立ち上がり、「もしもし」と電話を取って隣の部屋に移った。今日、小室がやってきて、空港でレンタカーを借りる予定になっている。やはり、クルマがないと観光をするには不便なので亀助としても大助かりだった。

しかし、ほどなく、「はあ、マジでふざけんな！」と荒木が怒り出した。立て続けに罵声を浴びせている。

「てめえ、いくらキャンセル料がかかると思ってるんだよ。毎週、ジムに通っているくせに、忙しいが理由になるのかよ」

深いため息が聞こえたあと、荒木が戻ってきた。顔を見るのが恐ろしくて視線を合わせないようにする。

「もう最悪なんだけど。トシが仕事で来られなくなったって……」

「そ、そっか……」

確かに、小室はコンサルタントで忙しい仕事をしている。最近、小室が長年通っている格闘技ジムに亀助も入会し、いろいろ会話をする機会が増えたのでその状況は理解できる。仕方のないことだろう。ただ、亀助はずっと徳之島に滞在する予定だが、荒木は小室と一緒に奄美大島にも行く計画を立てていた。

「お互い、こんな広い家を一人ずつ使うのももったいないし、わたし、こっちに来ようかな」

それは思ってもみない展開だった。

「え、マジで……」

「だって、探偵なら絶対襲ってきたりしないし、安心だもん。別に良くない？」

「ま、まあ、確かに、それは、そうだけどね……」

「一週間も予定していたのに、計画が全部パーになっちゃったよ。もしかしたら、わたしは予定を早めて帰るかも」

亀助は、「それは仕方ないよね」と頷いた。

「とりあえず、部屋に戻って、変更できるか聞いてみるわ」

「わかった。ランチは嘉納さんも誘ってみるからね」

「ああ、メイクしろってことでしょ？　さすがにそれくらいの常識あるから安心して」

荒木は笑いながらそういうと、自分の宿に戻った。

早速、嘉納に連絡を入れる。

「嘉納さん、もしよかったら、お昼、カレーを試食しにきませんか？」

〈昼、ですか……。それは、嬉しいな〉

やや間があったようにも聞こえたし、台詞が棒読みのように思えなくもない。

〈課長はわかりませんが、僕はたぶん行きます〉

「はい、無理はしないでくださいね」

電話を切ったが、昨日までの様子とはどこかが違う気がした。お昼の貴重な時間は、家族と過ごすと決めているのかもしれない。いや、考え過ぎだろうか。いずれにしろ、誘ってしまったからにはカレーを作らなければならない。

よし、もう少し力を入れて作ろう。

亀助は再び、カレー作りに精を出した。

マンゴーカレーは、〝千疋屋《せんびきや》〟でも出していて人気なので、豚肉とも相性がいいのはわかっていた。トロピカルで、フルーティーな甘酸っぱさが出ている。

続いて、ヤギカレーに取り掛かる。日本で、ヤギを食べるのは沖縄や鹿児島の離島など、一部の地域に限られる。だが、ジャマイカなどのカリブ海やインドネシアなど東南アジアの一部の地域では、〝ゴートカレー〟や〝カリーゴート〟という名前で、存在しているようだ。

亀助自身、ヤギカレーは食べたことがなかった。ただ、沖縄でもヤギ汁は何度も飲んでいるし、いつも美味しく食べている。ヤギ肉のクセはそれほど気にならない。ならば、作ってしまおうと考えていた。

新しい料理に取り掛かり、十一時を過ぎたところで、メイクをした荒木がやってきた。

「何か手伝うことはある？」と聞かれたが、特にない。

そして、十二時に近づいてきた頃、嘉納から着信があった。

「あ、嘉納さん、何時頃に来られそうですか？」

〈すみません、ちょっと、自分は行けなくなりまして……〉

随分と深刻そうな声のトーンだ。

「え、何かあったんですか？」

〈ええ、実は亀之助が朝から行方不明になっていまして……。まだ、見つかっていなくて、ちょっと心配なのでお昼休憩の時間を使って探しに行きます〉

そんな、一トンもの闘牛が行方不明になるなんてありえないだろう。

「まさか、脱走ですか」

〈いいえ、そんなことはありえません。きっと、誰かが……〉

なんだって。誰かが盗んだというのか。

「盗まれたということですか」

〈いえ、まだ、わかりませんが……。まずは、急いで探してみます〉

そうか、もし脱走して、人に危害を与えたりしたら、大変なことになる。

異変を察したのか、荒木が心配そうに見つめている。

「嘉納さん、試食会は中止にしましょう。僕たちもいまから急いでそちらに行きます」

〈大丈夫です。クルマもないでしょうから、やめてください〉

「そんなわけにはいきませんよ」

〈わかりました。じゃあ、昨日会った渡辺に迎えに行ってもらいますね〉

「いいんですか。申し訳ないです」

〈いえ、うちのスタッフみたいなものですから〉

亀助は電話を切った。そういえば、昨日は渡辺が見張りをしていたそうだが、今朝は見張りがいなかったのだろうか。むしろ、夜とか朝に見張りが必要そうだが……。

「何？　何があったの？」

「亀之助がいなくなったって……」

「え、脱走？　やばくない？」

荒木が立ち上がった。

「いや、もしかしたら、盗まれたかも……」

「え、あんな巨体が盗まれたの？　牛だから、誘拐？」

亀助も事情を飲み込めずにいた。

「でもさ、あんな強い横綱の闘牛が誘拐なんかされるかな？　脱走なんじゃないかな」

「確かにね。でも、だったら、なおさらやばいじゃん。あんな一トンの横綱が突進したら、クルマとか吹っ飛ぶよね」

「そうなんだよ。こうしてはいられないよね。渡辺さんが迎えにきてくれるって」

荒木と一緒にすぐに宿を出る支度をしたが、なかなか迎えは来ない。

外に出て待っていると、近づいてきた軽トラックがクラクションを鳴らしてきた。どうやら、渡辺のクルマのようだ。手を上げると、クルマがゆっくりと速度を緩めて停車した。

「嘉納に迎えに行くように言われてきましたが、牧場に行ってどうされるんですか？」

「お役に立てたらと思いまして……」

「わかりました。とりあえず、送りますから乗ってください」

亀助と荒木は、渡辺の軽トラックの助手席に並んで乗り込む。

「渡辺さんは何がどうなったのか、状況を聞きましたか？」

「いいえ、俺は亀之助がいなくなったということしか、聞かされていないんです」

亀助はすぐに、右隣の渡辺に質問をぶつけた。

「あの、昨日は渡辺さんが見張りをしていたと聞きましたが、何時までいたんですか？その次は、誰が当番でしたか？」

「俺は夕方から朝まででしたね。早朝四時くらいからはいつもあいつのおじいが見ているんですよ」

渡辺が心配そうにため息をついた。

「どういう風に見張るのが一般的なんですか」

「俺の場合はこのクルマを牛舎に横付けして、入ってくるようなやつがいないか見張ります。何時間に一回かは中に入ってチェックしますね。おじいは牛舎の中にある椅子に座って見張りますが、ぶっちゃけ、寝ちゃうこともあるんですよね……」

嘉納の祖父が当番だったということなのか。だとすると、身内のミスということになる。

ほどなく、嘉納ファームに到着した。すぐ外に嘉納がいたので近づいていく。

「嘉納さん、いなくなった時の状況を教えてください。確か全島大会の前だから、誰かが見張りをしていたんですよね」

嘉納が、「それが……」といって、ため息をついた。

「おじいが見張っていたのですが、実は最近、認知症の疑いがあるんですよ……。本人は大丈夫だ、俺は元気だって言い張って。病院にもいかなくて、みんな見て見ぬふりをしていたんですけど……」

亀助はいたたまれない気持ちになっていた。胸が締め付けられる。

「とにかく、寝てしまったらしくて、何も覚えていないっていうんですよ」

深い沈黙が訪れた。

「おじいさん、大丈夫ですか。いなくなった状況は把握されていますか。かなりショックを受けているんじゃないですか」

「やはり、よほどショックだったのか、体調を崩してしまって……。うちの親父が急いで病院に連れて行きました」

こんなタイミングで、家族は二重の意味でショックだろう。

「嘉納さん、それで、見張りがいなかったとしても牛が勝手に出ていくということはないと思うのですが、牛舎のドアが壊されていたとか、そういうことはないですか」

嘉納が首を振る。

「いいえ、そんな形跡はありませんでした」

「あの、失礼ですが、例えばお子さんが鍵を外して牛を外に出してしまうようなことは可能性としてありますか」

嘉納が考え込んだ。博之の子供はもう小学三年生だったはずだ。

「いやあ、さすがにそれはないと思いますが……。そんなことをしたら、大事になることくらい分別がつきますので。ありえるとしたら、おじいの方でしょうね」

確かに嘉納の祖父が亀之助を逃がしてしまった可能性は否定できない。

亀助は空を見上げた。

「ちなみに、闘牛は保険に入れるのですか？」

「闘牛は入りにくいと言われていますね。うちの亀之助は入っていないはずです」

牛主は兄の博之とはいえ、把握していないものだろうか。

「そうですか。人に危害とか与えなければいいのですが……」

「そうですね。それが一番心配です」

「もし亀之助が盗まれていた場合、島の外に連れ出されてしまったら、探し出すのが大変ですよね……」

嘉納が苦虫を噛み潰したような表情で頷いた。

「島の外に連れ出すには船で運ぶしかありません。だからまだ間違いなく島の中にいます。兄貴が探しに行きました」

そうこうしているうちに、嘉納がしきりに時計を気にし始めた。

「すみません。自分は仕事があるので、一旦、公務に戻りますね」

「そうですよね」

嘉納は、「悪いけど、送ってあげてもらえるか」と渡辺に頭を下げる。

「おう、任せておけ」

渡辺はそういうと、軽トラックに再び亀助たちを乗せ、ドアを閉めると、すぐに発車した。

「なんか、頼ってばかりですみません」

「いいえ、この時期はちょっと余裕があるんですよ。だから、積極的に手伝いをしているんです」

「渡辺さんみたいに気さくだと、みんなすぐ頼ってしまうでしょうね」

渡辺は「それがダメなんですよ」と自嘲気味に笑い飛ばした。

「うちは、兄がいますから、いまのままだと使い走りのままです。ですから、俺もいつか自分の牧場を持ちたいなって思っています」

「意欲も経験もあるのに、もったいないですね。離農者も多いと聞きますが、そういうチャンスはあまり巡ってこないのですか」

渡辺の働き方を見たわけではないが、農家に生まれ、子供の頃から手伝ってきたはずだ。

「いいえ、地道にやっていれば、きっと巡ってくると思います。まずはお金を貯めなきゃ。ただ自分は、せっかくなら徳之島ブランドの和牛を作れないかなって構想を持っているんです」

「なるほど……。他の人がやっていないだけに、可能性を感じますし、僕個人としては応援したいですよ」

「どうしても長期計画になりますよね。だから、親も兄も、なに寝ぼけたことを言っているんだって大反対しています。ブランドを育てるには時間もかかりますしね」

「ですよね……」

「まあ、それはさておき、いまは亀之助が無事に戻ってくることを祈るばかりです」

宿へ戻ってきたので、クルマから降りる。リビングに入ってから、亀助はとりあえず、コーヒーを淹《い》れることにした。

「いやあ、長寿と闘牛の島でこんな悲しい事件が起きるなんて、辛《つら》すぎる……」

「おじいさんのこと、誰も責められないよね」

荒木も、ぐったりと肩を落としている。

「でもさ、嘉納さんの様子どう思った？　動揺しているというのはあるだろうけど、ちょっと違和感なかった？」

「うん、わたしが気になったのは、保険の話。普通、把握しているよね？」

「僕もそれは気になった」

iＰｈｏｎｅを使って検索してみると、ボクサーや空手家など、格闘家として収入を得ている人でも、保険には入れるようだ。闘牛の保険の話はさすがにヒットしない。

「こういうのって、ニュースになるのかな。だって、横綱の闘牛が行方不明なんだよ」

亀助が言うと、荒木が何かを思い出したように、立ち上がった。

「え、もしかして、発見した人はなんかもらえるのかな。だって動く一千万円みたいなものだよ」

荒木らしい、言い得て妙な表現だなと、亀助は不謹慎にも感心していた。

4

「亀之助、まだ見つかっていないよね？」

翌朝、カレーを食べながら、荒木が亀助に問いかけてくる。

「さすがに、見つかったら教えてくれるはずだよね。これだけ心配して、何度も聞いているんだからさ」

結局、荒木は自分の宿をキャンセルして、亀助の宿に移ってきた。いま、レンタカーを借りるかどうかで二人は頭を悩ませていた。嘉納に相談すると、「なにかあったら、僕か渡辺がクルマをだしますから」と言ってくれたが、仕事の邪魔をするわけにはいかない。

そして、昨夜の時点で、亀之助は見つかっていなかった。

「やっぱり、気になるから、もう一度電話してみるわ」

亀助は、嘉納の携帯電話を鳴らした。だが、出ない。まだ役場が始まる前の時間だが、どうしたことだろう。

「出ないわ……」と言いかけたところで、ｉＰｈｏｎｅが震えた。

「あ、かかってきた」

亀助は急いで電話に出た。

「もしもし、おはようございます。何度も電話してすみません」

〈亀助さん、ちょっと困ったことになりました。亀助さんが本物の探偵だったら、仕事をお願いしたいくらいです……〉

探偵が必要と言われれば、亀助としては、やぶさかではない……。

「どうしたんですか」

〈どうやら、亀之助は何者かに、誘拐されたみたいなんです〉

「え、誘拐ですって。どういうことですか？」

〈いえ、見張りを外れたおじいが今朝早くに電話を受けて、亀之助を誘拐したから身代金を一千万円、用意しろって言われたらしいんです〉

「え、一千万円の身代金ですか……。それは、間違いないんですか」

荒木が驚いた表情を見せる。

〈まあ、さすがに、今度はボケて言っているわけじゃないと思うんですが……〉

「警察には、連絡しましたか？」

〈いえ、いま、家族でどうするか話し合っているところです。おじいは、ワシのせいだ、

申し訳ないから払わせてくれって言って、すっかり弱気になっていて……〉

いったい、何を言っているのだろうか。犯人の思うツボではないか。

「嘉納さん、とりあえず、急いで警察に電話をしましょう」

〈でも、亀助さん。おじいが、警察には絶対に言うなと言われたって。警察に言ったらすぐに殺すって……。盗聴でもされていたら、どうするんですか？〉

亀助は開いた口が塞がらずにいた。嘉納は公務員だというのに……。

だが、大きく深呼吸した。嘉納一家は我が子のように育てていた亀之助を誘拐されて、きっと冷静さを失っているだけなのだ。

「嘉納さん、いまから急いでそちらに向かいます。ちょっと待っていてください」

〈だったら、迎えに行きます〉

「では、お願いします。くれぐれも身代金なんて払わないでくださいね」

電話を切ると、まだ事件が始まったばかりだというのに、深い徒労感に襲われた。

「なあに？　何があったの？」

荒木が亀助の袖を摑んできた。

「牛の身代金を要求されたって。一千万円」

「ほら、わたしが言った通りじゃん！　動いている一千万円みたいなもんだって」

確かに荒木が言ったのは覚えているが、この際どうでもいいことだった。

動揺して払いそうになっている嘉納家をどうやって説得するかが重要なのだ。

「ごめん、とりあえず、待ってて」

亀助は荒木を置いて宿を飛び出すと、嘉納ファームに向かって走り出した。すぐに息が上がる。しばらく走ったところで、嘉納のステップワゴンがやってきた。

周囲を見回してみた。不審なクルマが止まっている様子はない。

嘉納のクルマの助手席に乗り込む。

「嘉納さん！」

亀助は、声を荒げたい気持ちを押し殺して、声を潜める。

「嘉納さん、〝警察に言うな〟は、もちろん誘拐犯の決まり文句ですけど……。でも、警察に届けないとダメですよ。犯人の思うツボなんです。身代金を奪われてからでは、解決になりませんよ」

「やっぱ、そうですよね……。いや、俺はわかっていますよ」

嘉納がさきほどとは変わって落ち着いているのでいくらか安心する。

「まずはご自宅に連れて行ってください。おじいさんやご家族を説得したい」

「わかりました。急ぎますね」

嘉納がアクセルを踏み込む。重圧を受けて、シートに凭《もた》れる。

だが亀助は、ふと、思いとどまった。

「すみません、ちょっと、待ってください！　止めてください」

クルマが減速して、道路脇に停車した。

「急にどうしたんですか？」

「冷静に考えると、確かに、嘉納家はいま見張られている可能性があるんじゃないかと。盗聴されている可能性もある。だから、いま、僕みたいな部外者が家に飛び込むのはよくないかもしれません」

「なるほど……」

「ここは、僕に任せてください。警察には僕から連絡をします」

嘉納は不思議そうに顔をしかめた。

「一一〇番ですか」

亀助は首を振った。

「いえ、言う必要がなかったので伝えていませんでしたが、実は、僕の父は警察庁の役人なんです」

「警察庁の？」と、嘉納が驚いた表情を浮かべた。

「ええ、それで、僕も少しは警察組織に関しては知識があるのですが、一般的に誘拐事件というのはとても特殊な犯罪なんです。警視庁では、通称〝ＳＩＴ〟と呼ばれる特殊捜査班という専門部隊が担当します」

嘉納が「はあ、ドラマとかで、なんとなく、イメージはできますが」と頷いた。

「その部署は、すべての警察本部にあるわけではないんです。実際に日本で誘拐事件が起きるのは全国的にもとても少ない。だから、警察庁や警視庁の専門部隊が連携して動いていると聞いたことがあります」

嘉納が「はあ」と頷いた。

「何が言いたいかというと、この島の警察署にその専門部隊があるわけではありません。鹿児島県警の捜査一課にもたぶんなくて、研修を受けた捜査員が数名いる程度です。つまり、本格的に誘拐の捜査を進めるとなると、おそらく鹿児島県警や東京の警視庁からも捜査員が飛んでくることになるでしょう。だから、一刻も早く連絡すべきだと思うのです」

嘉納の表情を見ると、やっと亀助の意図を理解してくれたようだ。

「確かに、飛行機は本数が限られますからね」

「そうです。ただ問題なのは、誘拐されたのが、経営者とか金持ちの子供とか、人間だったらという話で……。どんな牛でも、家畜は窃盗、恐喝罪になるでしょう」

嘉納の目がつり上がった。

「いえ、すみません。亀之助の命を軽視しているわけではありませんが、人間と同じわけではない。ただ、牛の身代金誘拐というのは前代未聞ですから、警察がどう対応するかはまるでわかりません……」

「それは、もちろんわかりますよ」

「では、ひとまず警察への連絡は僕に任せてください。嘉納さんの携帯電話番号を警察の知り合いに伝えますから、おそらく連絡がいくと思います」

「わ、わかりました……」

嘉納に送ってもらい、宿まで戻ってきた。

「嘉納さん、ここが踏ん張り時です。もちろん亀之助が心配なのはわかりますが、気を強く持って犯人と戦ってください。必要があれば僕がご家族を説得しますから」

「そうですよね。わかりました」

嘉納を見送る。すぐにｉＰｈｏｎｅを手にした。時間はないのだ。

さすがに、父親に電話をするのもおかしいか。現在の仕事についてさえ、まともに説明できていないのだ。

こういうときは、信頼関係を築いてきた山尾が適任か。築地署の捜査一課にいるので、本庁の一課にもつながりがあるはずなのだ。

「もしもし、山尾さん。すみませんが、緊急のご相談が……」

〈どうされましたか〉

「実は、いま、鹿児島の奄美大島の南にある徳之島という離島に仕事で来ています。役場からご当地グルメを開発してほしいという依頼でした」

〈はい、なるほど〉

「それで、この島にはいまも闘牛文化がありまして、定期的に大きなイベントが開かれているんですね。一番強いのは横綱で、一頭が一千万円で取引されることもあるそうです。それを飼育する農家は、島では一目置かれる存在なんですが、今回、わたしを招待してくれた役場の職員の家がその横綱を飼育していました」

〈はい、なるほど〉

「それで、問題はその先なのですが……。実は、その横綱が盗まれまして」

〈なんと、牛が盗まれた〉

「はい、それで飼い主に対して、さきほど身代金が要求されました。牛なので誘拐ではなく、窃盗と恐喝ということでしょうけど、金額は一千万円です……」

山尾が息を呑《の》んだのがわかった。

〈牛の身代金要求ですか。それは大変なことが起きてしまいましたね〉

「はい、被害者の家はそれなりにお金があるそうで、身代金を払おうとしているんです」

〈それは絶対に止めてください。現金要求の捜査は初動が肝心です。相手の術中にはまってしまったら、もう取り返しがつかなくなる〉

亀助は一呼吸を置いた。

「ええ、もちろん。わかっています。なので、ご相談ですが、〝SIT〟にダメ元で聞いてみてもらえませんか。周知の通り、日本で誘拐事件なんてほとんど起きない。つまり、彼らは経験値を積むために出勤してくれるかもしれません」

〈よくご存知で。亀助さんがついているのが、被害者にとっては、不幸中の幸いでしたね。可能性は低いと思いますが、〝SIT〟に至急、連絡を取ってみます〉

「はい、被害者は我が子のように育ててきた牛が行方不明になって混乱していますので、なんとか落ち着かせたいと思います」

〈どうか、お願いしますね。被害者の名前と、牛の名前や特徴がもし分かれば教えてください〉

亀助はため息をついた。

「被害者の名前は牛主の嘉納博之さんです。そして、誘拐された牛の名前は……」

亀助は、息が詰まった。口にするのがやや躊躇われる。

「誘拐された牛の名前は、無双亀之助です」

〈亀之助ですか……〉

「はい、島では有名な横綱です。これから電話番号を伝えますので、書き留めていただけますか」

〈わかりました。またご連絡差し上げます〉

電話を切って、ホッとした。こんな事件は警察を頼るしか選択肢はないのだ。

すると、ほどなく嘉納から着信があった。

「嘉納さん、どうなさいましたか？」

〈亀助さん！　警察には連絡しちゃいましたか？〉

嘉納のテンションが妙に軽いので、亀助は違和感を覚えた。

「はい、いま、対応を協議してもらうように、知り合いの刑事にお願いしました」

〈うわ、それはやばい！　それなら、すぐに連絡してください。無事に事件は解決したと〉

「事件が解決した？　どういうことですか？」

亀助は、喜べるはずなのに疑問の方が先にくる。

〈亀之助が見つかったんです〉

「え、無事だったんですか」

〈ええ、特に目立った傷などはありません。ただ、もしかしたら、変なものを食べさせられている可能性はありますので、いま、獣医に連絡を取ったところです〉

「嘉納さん、まさか、犯人にお金を払っていませんよね？」

〈いいえ、そんなことはしませんよ〉

一瞬、間が空いたような気がした。

「どうやって戻ってきたんですか？」

「あの、それは、知人が、見つけてきてくれたんですよ……」

「どこで、ですか？」

〈あ、いや、すみません、町の闘牛場にいたようです。もしかしたら、おじいの狂言だった可能性があります〉

「狂言だって……」

亀助はため息をついた。

認知症だと言われたら、おじいさんのことは責められないが……。

〈亀助さん、早く電話してください。捜査員が来たらどうするんですか〉

「それは、そうですが……。亀之助が戻ってきていたとしても、事件は事件なので、事実関係を確認するために来る可能性はありますよ」

〈それは、ちょっと困るなあ……〉

ボソッとでてきた言葉だが、なぜ困るのかが亀助には理解できなかった。

〈とにかく、我が家は亀助さんに本当に感謝しています。今夜、お詫びの意味を込めて、ご馳走させてください〉

「そんなことは決して求めていませんが……。僕も警察に通報してしまいましたから、まずは亀之助が無事に戻ってきたのなら、どうやって戻ってきたのか確認したい。いまから、牧場に行っていいですか」

亀助は自分の声に棘《とげ》があるのに気づいた。苛立っているのだ。

〈やめてください。正直、おじいをこれ以上悲しませたくないんです。被害届なんかも出さないつもりなんです……〉

亀助は電話を切ると地団駄を踏んだ。

「なんなんだよ。いったい、もう……」

「どうしたの？」

ずっと宿で待機していた荒木が心配そうに部屋に入ってきた。

「亀之助が見つかったって。おじいさんの狂言の可能性があるって、言っているんだ」

「ええ、なにそれ……」

「もう、よくわかんないけど、とりあえず、警察に電話するよ」

亀助は苦虫を噛み潰すしかなかった。これがもしおじいさんの狂言だったなら、ただの迷惑電話をしただけになってしまう。山尾たちとの関係性にヒビが入るし、父親の顔にも泥を塗ってしまうだろう。それでも連絡を入れるしかない。

電話を入れたが、出ない。捜査の相談をしている姿がありありと浮かんできた。ほどなく、着信があった。

「山尾さん、聞いてくださいよ」

〈今度はどうされましたか〉

「被害者が、牛が見つかったって。事件は解決したから、警察に来てもらう必要はないって言ってきたんです」

おどろきのため息が聞こえてきた気がした。

〈そ、そうでしたか……。いや、さすがに、牛の身代金要求と聞いて困惑していましたが、急いで連絡をいれますね。捜査協力をしないということでいいのですね？〉

「はい、被害者がそう言っていますので……。僕はこれから、牛を見に行ってきます」

〈わかりました。いや、無事が何よりですよ〉

「お騒がせしました。本当に申し訳ありません」

電話を切って、唇を噛み締めた。亀助の確認不足だったのだろうか。もう少し事情を確認してから行動を取ればよかった。冷静さを失っていたのは亀助ではなかったのか。

「なんで人助けしようとした探偵がそんなに凹《へこ》んでいるのよ。意味わかんないじゃん」

「でも、奈央ちゃん、どう思う？」

「どこで見つかったって？」

亀助は、「町の闘牛場だって」と、首を傾げた。

「とにかく、事件が解決したことを警察に電話しろって。僕も詳しいことはまだ聞かされていないんだ。おじいさんをこれ以上、悲しませたくないとか言っているし」

「なんか、腑に落ちない流れだよね……」

亀助は、頭全体を強く掻いた。

「うーん、やっぱり、牛は誘拐された上に、もしかしたら誰かを通じて身代金を払ったんじゃないかな……」

「え、仲介業者を通じて、一千万円を犯人に払ったってこと?」

「その可能性は十分あると思っているんだ」

もしかしたら、裏で取引でもしたのではないだろうか。

「なるほどね。それでいうとさ、なんかさ、この島の掟《おきて》っていうか、暗黙のルールみたいなのがあるのかもしれないよね……」

「うん、僕たちが立ち入れないやつね。でも、事件を黙って見過ごすわけには……」

亀助はコーヒーを呷った。

「わかるよ。わかるけど……。でも、嘉納さんはこの島で、ずっと生きていかなければならないんだから、探偵とは違うでしょ。探偵は東京に帰るから、気軽に言えるけど、一生、この島で生きていく人の気持ちになって考えてみて」

亀助はゴクリと生唾を飲み込んでいた。確かに、立場は違う。

「思ったんだけどさ、おそらく、闘牛で賭けをしている人がけっこういる。その人たちも怪しいと思う」

荒木が前のめりになってきた。

「やっぱり？　賭けをしている人はいそうだよね。でも、なんでその人たちが怪しいの？」

「それはさ、相手側に賭けているってことだよ。今回は亀之助が勝つと予想している人が多いらしい。ってことは、反対側に賭けている人たちは亀之助に負けてほしいよね。そもそも、対戦相手は同じギャラが入るんだからさ。そんなリスクを冒して相手の陣営に乗り込まないでしょ。だから相手側に賭けている人が怪しい」

「なるほど、確かに、そうなるのかもね」

荒木が頷いている。

「でもさ、相手側に賭けた人とか、わたしたちに調べようがなくない？　だって、それは警察だって踏み込めてないってことでしょ」

亀助は「そこなんだよね」と肩を落として同意する。島にやってきたばかりの第三者には踏み込みようがない領域だ。特別な土地だし、闘牛は島の大切な文化だからと、警察も大目に見ている部分もあるのかもしれない。

「そこは踏み込んだら、本当にやばいと思う。探偵、帰れなくなるかもよ。親が警察庁のお偉いさんとか、こっちの人たちには全然関係ないしね」

亀助は、「もちろん、それはわかっているよ」と頷いた。

「だからさ、僕が聞けるレベルの関係者で、話を聞ける人には聞いておきたい。奈央ちゃんは宿にいてよ」

荒木が静かに頷いたので、亀助は、渡辺に電話をかけた。家の仕事が終わったら、連れて行って欲しいところがあると伝えたところ、協力してくれるという。


「亀之助の状態を客観的に聞いておきたいんです」

「それは、俺もずっと気になっていたんです。獣医なら俺も知り合いですし」

渡辺に案内してもらうことにしたのは、亀之助を診察した、六十歳は優に超えていると思われる獣医師だ。

「はじめまして。北大路亀助と言います。亀之助のことでいくつか話を聞かせてください」

獣医は亀助の名刺を凝視しながら、今度は不思議そうに亀助を見つめた。

「これはまた、縁ですな」

すぐに関西のイントネーションを感じ取った。

「そうなんですよ。自分のことのように心配でして……。亀之助は今回の大会には出場できそうですか？」

獣医が腕を組んで首を傾げた。

「いや、今回はやめたほうがいいと伝えましたよ。極度のストレス状況にあったようだ」

亀助が「ですよね」と大きく頷いた。ふと、気がかりなことを思い出した。

「もし、メインマッチがなくなったら、みんな怒り出しませんか？」

「暴れ出す人はいるでしょうな。みんなにとって、生きがいみたいなものですから」

亀助は急に不安になった。

「冗談ですよ。まあ、みんないい大人ですから」

獣医がそういうと、大きな笑い声を上げた。安心して、亀助も胸をなで下ろす。

「先生も、いつも闘牛大会は見学にいかれるのですか」

「ええ、もちろん。何かあった時には、私が対応しますから」

なるほど、そういう役割があるのか。

「私はもともと、大阪の出身でしてね。闘牛文化に憧れてこの島に来たようなもんだ」

「そうでしたか。やはり、島の文化をよく知らない人間からすると、不思議な世界に感じます。子牛の生産に特化している島で、闘牛を育てているんですから。ギャップをすごく感じるんです」

「ええ、わかります」

「みんな、ステータスというか、プライドのために戦うんですかね」

「男のロマンですかね。見張りをつけたり、縁起を担いだり、みんなあの手この手で、横綱を育てて、勝たせようとする。おもしろい島ですよ……」

　宿への帰り道、渡辺が突然、切り出してきた。

「正直、俺は、亀吉おじさんの狂言なんかじゃないと思っています。背後に黒幕がいて、亀之助を愛する嘉納家の資産を狙ったんじゃないかってみています」

　亀助と同じ見立てをしているようだ。

「では、渡辺さんは、犯人像をどう推理していますか」

　渡辺が唇を噛み締めた。

「どこまで話していいかわかりませんが、闘牛を賭けの対象にしている人も一部いるようですし、堅気じゃない人もいます」

「やっぱり、そうだったんですね……」

「北大路さんは、初めて島を訪れて、そんなに多くの人と接しているわけではないでしょうから無理もありません。でも、超えてはいけない一線もある。例えば、表の世界では堂々とした実力者が、裏の世界でもう一つの顔と大きな力を持っていることもよくあります」

　亀助も相手が島の有力者ではないかと推理していた。島の有力者で、誰もが一目置く存在というと、すぐに思い浮かんだのが、嘉納の上司である大久保だった。人を見た目で判断しすぎだろうか……。

宿に帰ってしばらくすると、嘉納がホットプレートと食材を抱えてやってきた。事前に、「大事な話があるので」と言われていた。

「いやあ、本当にご心配とご迷惑をおかけしました」

嘉納は深々と頭を下げる。

「本当はうちにお招きして、食事でもご馳走したいのですが、ちょっと、おじいの体調が、まだ、あまりよくなくて……。これはステーキ用のお肉ですから、ぜひ、お二人で食べてください」

「うわあ。これは、きめ細かな霜が降っていますね」

嘉納はプレートをセットすると、豪快に焼き始めた。

亀助と荒木は、缶ビールで乾杯する。

「やっぱり、レアの方がオススメです。この肉は徳之島で生まれて、鹿児島の大地で育てられた〝のざき牛〟なんです」

嘉納は食べる気がないようだ。切り分けてくれたステーキを口に含むと、濃厚な牛肉の旨味が広がった。肉質がいいからこそ、シンプルな味付けがいい。赤ワインが欲しいところだが、ビールと黒糖焼酎しかないのが痛いところだ。嘉納がどんどん焼き進めるので、あっという間に荒木と二人で平らげてしまった。

亀助は「亀之助なんですが」と切り出そうとしたところ、「結局、大会に出るのは取りやめることにしました」と、嘉納の方から話してくれた。

「そうですか。それなら、安心しました」

「あ、今夜は、亀助さんが飲みたがっていた徳之島産のコーヒーも持ってきましたよ」

「おお、ずっと、カフェに行こうとして、行けてなかったんですよね。明日あたり、行こうかと思っていたところなんです」

亀助が言うと、嘉納は何も言わずに、背を向けたまま、コーヒーの準備を始めた。

「それで、本当に申し訳ないのですが、亀之助が出ない試合を亀助さんに見てもらう気分にもなれなくて……。再度、島に来ていただく予定を立てて仕切り直したいんです。それで、もしよかったら、二日早めて、明日の朝にお帰りいただけませんか？」

思わぬ提案だった。亀助と荒木は顔を見合わせた。

「それって、邪魔だから、早く帰れってことですか？」

5

亀助と荒木は、朝一の飛行機に乗るため、空港にいた。空港まで送ってくれたのは、嘉納だ。慌ただしく島を出ることになったため、お世話になった大久保や渡辺にも挨拶する時間がなかった。

「亀助さん、荒木さん、この度は、嫌な思いをさせてしまいましたが、また必ず島に来てくださいね」

荒木は一言も発しない。まるで、追い出されるような仕打ちを受けたことで、ムッとしているのが伝わってくる。昨夜、嘉納が帰った後も、ずっと愚痴を言い続けていた。

実際、恋人の小室が来ないことになり、帰る日程を早めようとしていたのだが、自分で決めるのと、人に決められるのとでは大きく異なる。

「いいえ、なんのお力にもなれず、申し訳ありませんでした」

亀助は、丁重に言って頭を下げたが、少し嫌味を込めたつもりだった。

「そんな、亀助さんが謝る必要なんて、ないじゃないですか。悪いのは、ぜんぶ、うちですから……。横綱の牛主としてはまだまだ、未熟だと悟りました」

亀助は、否定できずにいた。その通りだとしか思えないのだ。

「嘉納さん、おじいさんに、またなにかあったら、力になってあげてくださいね」

「ご心配、ありがとうございます。病院に通わせることにしましたし、もう農業の仕事はさせません。大丈夫ですよ」

亀助は「そうですか」と、言いながらため息がこぼれた。

「なにかあっても、僕が何としても助けますから。安心してお帰りください」

いろいろあって心労もあるだろうが、落ち込んでいる様子には見えない。

「これは、お詫びの気持ちもこめて……」

ずっと気になってはいたが、大きな紙袋を手渡された。

「こんなにたくさん……」

亀助が袋の中を覗き込むと、お土産がたっぷりと入っている。買おうと思っていた徳之島コーヒーや黒糖もある。これは、嬉しかった。昨夜飲んだところ、爽やかで優しい酸味でとても気に入ったのだ。二杯目は島の黒糖を入れて飲んだが、これがまた美味しくて、荒木と二人で酒ではなく、コーヒーを片手に島で起きたことを振り返りながら過ごした。

「実は、大久保課長が、失礼だと激怒しまして……。これは課長から、これは我が家からと、あわせたらこうなっちゃいました」

大久保が怒るのは無理もないだろう。

「東京でもレシピを練り直して、また、ご連絡差し上げますので」

「はい、引き続き、お願いします」

嘉納とはそのまま別れて、搭乗口へと入ることにした。

「もうさ、飲もうよ。飲まなきゃ、やってられない」

売店に行った荒木が缶ビールを買ってきた。本当は徳之島コーヒーを飲みたいところだが……。あのすっきりとした酸味で、気持ちを切り替えたい。

「朝からかい」

亀助が缶を開けるのをためらっていると、荒木が缶を開けて、それを渡してきた。代わりに亀助が持っていた缶を奪って、今度はそれを開けた。

荒木なりに、亀助の心情を察して慰めてくれているということなのだろう。缶ビールを呷ると、喉を走り抜けていった。もう一度、呷る。

時間がきたので、ビールを飲み干して、飛行機に向かう。空は残念ながら、どんよりとした曇り空だ。プロペラ機の機内に乗り込む。

「なんか、最初はすごくいい感じの島だっただけに、最後は残念だったよね。人助けをしようとした結果、こんな感じで追い出されるなんてさ……。すごい、悔しい」

荒木の言葉に、亀助は無言で頷いて同意した。

荒木が嘉納からもらった手土産を漁《あさ》り、黒糖を取り出した。手渡されたので、口に放り込むと、ビールで苦味があった口の中が、甘みに塗り替えられた。黒糖を噛み砕くと、さらに、糖分が広がる。なぜか、心が和んでいく。

島でのことを振り返る。いろいろあって、怒濤《どとう》のような日々だったのだ。出会った人々を一人一人、そして、食べた料理を一皿一皿、思い浮かべる。

やはり、最も記憶に残っているのは、大久保が作ってくれたモクズガニの鍋だ。あの濃厚なスープは、二度と味わえないかもしれない。おじやもカニのエキスをたっぷりと含んでいて、美味しかった。

モクズガニの鍋のレシピで検索をかけてみる。すると、「茹でる前の下処理として、泥を吐かせる必要がある」と出てきた。大久保も時間をかけて蟹を生かしたまま泥抜きをしたと説明してくれた。亀助たちが到着する前から、下ごしらえをしてくれていたのだ。

いや、待てよ。すぐには殺さず、生かしたまま泥を抜く……。つまり、捕った獲物を泳がせておくということなのか。その瞬間、何かが心の中でガサガサと蠢《うごめ》いた。

鹿児島空港に到着後、乗り換えのタイミングで亀助はふと思い立って闘牛事務局に電話をかけた。

「あ、もしもし、すみません、明日の闘牛大会のことでお聞きしたいんですけど」

〈はい、なんですか？〉

「明日の試合は予定通り、開催されますよね？」

〈ああ、はい。しますよ〉

「横綱戦は、亀之助が出ますよね？」

〈はい、出ますよ〉

案の定、即答だった。

「そうですか。ならよかったです。その確認でした。ありがとうございます」

亀助は電話を切って、ｉＰｈｏｎｅを握りしめていた。

嘉納は明らかに、大きな嘘をついたのだ。その嘘がバレないように、亀助を島から追い出そうとしたのは明らかだ。立ち尽くしていた亀助の元に荒木が近づいてくる。

「ねえ、小腹すいたし、そこの食堂でちょっと鶏飯でも食べない？」

荒木がおなかを手でさすっている。亀助は自分の顔の前で両手を合わせていた。

「奈央ちゃん、ごめん。俺、やっぱり、引き返す」

荒木が目を丸くした。

「え、嘘でしょ。なんで？」

「いま、事務局に確認したら、亀之助が、明日の全島大会に出るみたいなんだよ」

「え、わたしたち、嘘をつかれたってこと？」

荒木が「ふざけんな」と凄《すご》んだ。

「うん、そういうことみたいだよ……」

「はあ、あいつ、マジでムカつく！」

亀助が両手を構えると、荒木がそこにワンツーでパンチを打ってきた。さらに、もう一度打ってきて、パチンと音が弾《はじ》けた。

「奈央ちゃん、俺、嫌な予感がするんだ」

「嫌な予感って……。事件がまだ、終わってないってこと？」

亀助は荒木の目を見て頷いた。

「うん、もちろん、まだ終わってないと思う。嘉納兄弟は、絶対になんか隠している。嘘は一つだけじゃなさそうなんだ」

荒木が急に真顔になった。

「確かに、それはそうだろうけどね。結局、なんだったの。真相はなに？」

亀助は、首を振った。

「まだ、わからない。昨日言った通り、僕のレシピが正しければ、誘拐は事実だったはず。でも、もっと恐ろしい事件が起こる気がするんだ」

「ちょっと、何それ？」

「それを止めに行かないと」

亀助は、ｉＰｈｏｎｅを取り出した。

「ちょっと、やばそうだから、奈央ちゃんは連れて行けないや」

荒木が大きく頷いた。

「うん、わかった……。トシも心配しているから、わたしはちょっと戻れない」

亀助は唇を嚙み締めて、荒木の肩を「任せて」と言ってから二回叩いた。

「でも、探偵、気をつけてよ。嫌な予感がするってことは、そういうことでしょ」

「うん、もちろん、わかっているよ」


亀助は飛行機から飛び出すと、急いで駆け出した。

不思議そうに見つめてくる視線を無視して、ロビーを突破した。そのまま、空港の玄関にたどり着くと、タクシーをみつけて後部座席に滑り込んだ。

「すみません。時間がないので急いでほしいのですが、まずは、伊仙町へ向かってください」

運転手は慌ててシートベルトを締めた。

「わ、わかりました」

運転手が急いでキーを回す。エンジンがかかると、すぐにクルマを発進させた。エンジン音を響かせながら、どんどん加速していく。

亀助の心臓が音を立てていた。深呼吸をする。ｉＰｈｏｎｅを取り出すと、荒木から十件近い着信があるのに気づいた。すぐに折り返す。

〈どう？　着いた？〉

「ごめんね。いま、着いたとこ」

〈よかった。ねえ、気になって仕方ないんだけど、何があったの？〉

「ああ、これはあくまでも僕の予想だけど、亀之助は実際に誘拐された。そして、おじいさんが身代金を払ったことで返却された。ただ、嘉納兄弟は犯人を突き止めている。そして、復讐《ふくしゅう》しようとしているのではないかと」

〈なんですって？〉

荒木の声が上ずって、同時に車体が揺れた。よく見ると、運転手がバックミラーで亀助をまじまじと見つめている。目があったので頭を下げた。

「だから、僕はそれを阻止するために戻ってきた。もちろん、僕の妄想だったら、笑って済ませばいいよ。でも、もし仮に推理が当たっている場合、早く止めないと、取り返しのつかないことになってしまう」

〈うん、それはわかる。絶対に阻止してね〉

「わかった。急いでるから、じゃあね」

電話を切る。すると、運転手が再び振り向いた。

「お客さん、伊仙町のどこに向かえば？」

大事な目的地を伝えていなかったことにやっと気づいた。

「すみません。明日、試合が開催される闘牛場にお願いします」

運転手がアクセルを踏み込んだ。エンジンが唸り声を上げている。一度、見学させてもらった闘牛場が迫ってきた。

垂れ幕などがかかっていて、すでに試合が開催される準備が整っている。

あのクルマ！

嘉納のステップワゴンのほか、軽トラックなど何台かが停まっている。タクシーの料金は三千八百円だったので、亀助は「お釣りはいりません」と言って四千円を置いた。

運転手に「警察には言わなくていいのか？」と聞かれる。

咄嗟に「お願いします！」と叫んで、亀助はクルマを飛び出て走り出す。

チェーンで入場規制がかかっているが、亀助はジャンプ一番飛び越えた。

トンネルを抜けて、円形の競技場へと足を踏み入れた。すると、やはり、そこにいたのは亀之助だった。

嘉納孝之が、一人の男を羽交い締めにしている。顔は隠れていてまだ見えない。回り込むと、手綱で男の首を絞めようとしている。

亀之助は興奮しているのか、鼻息が荒く臨戦モードだ。

「何をやっているんですか。ちょっと、待ってください！」

視線が亀助に集まった。

「亀助さん……。なんで、なんで、戻ってきたんですか」

鬼の形相だった孝之の表情がわずかに緩んだ。手綱から手を離すと、男が呼吸を始めて咳き込み出した。

「あなたにこんな姿は見せたくなかったから、帰ってもらったのに」

亀助は首を大きく振った。

「嘉納さん、ダメですよ。なんで、被害者のあなたたちが、加害者になってしまうんですか。そんなのおかしいじゃないですか」

「だって、許せますか。この男がしたことを。亀之助をあんな目に遭わせて」

顔も服も泥だらけにして、泣き崩れているのは渡辺だった。

「ええ、もちろん、許せませんよ。でも、それは、警察や司法に任せましょう。少なくとも、あなたが裁くことじゃないんです」

孝之が渡辺の襟首を締め上げる。

「やめてくださいって」と、亀助が止めに入ると、孝之は渡辺を投げ飛ばした。

「亀助さん、わかっていますけど」

孝之が地面を殴りつける。

「だって、こいつ、許せないじゃないですか。おじいなんて、もうおかしくなって、入院することになりましたよ。子供の頃からかわいがっていたやつに、こんな形で裏切られるなんて、ありえないでしょう」

孝之が渡辺を睨みつけた。

「ええ、わかりますよ。お気持ちは」

ゆっくりと近づいてく。亀之助と目があった。兄の博之がずっと落ち着かせようとしていたが、やっと、興奮が収まってきたのかもしれない。

振り向くとタクシーの運転手も近づいてきた。

「でも、亀助さんは、どうしてわかったんですか」

視線が亀助に集まった。

「まず、誘拐が嘘だとは思えませんでした。信頼関係を築き始めている時に僕に嘘をつくはずがないし、嘘をつく理由がない」

嘉納兄弟が揃って俯《うつむ》いた。

「それは本当にごめんなさい」

「いいえ、それで獣医師に確認させてもらいました。そしたら、強いストレス環境下にあって、亀之助のコンディションは悪いと聞いたんです」

「探偵らしき人が探っているようだって、獣医師から連絡がありましたよ。だから、島から出て行ってもらうことにしました」

博之が納得いかない様子でつぶやいた。

「すみません。亀之助のコンディションが万全でないなら、当然、試合には出ないと思った。だけど、あなたたちは試合に出そうとした。それは亀之助が怪我をするかもしれないという、大きなリスクを伴います」

沈黙に包まれている。

「嘉納さんは、お母さんが病気を患って、東京から帰ってきたと言いました。それだけ心の優しい方ですから、おじいさんのことを思っているのはよくわかっていました。認知症を疑いながらも、すぐに病院に連れて行かなかったのも優しさからでしょう」

孝之が顔をしかめて、顔を手で覆った。

「だから、亀之助を我が子のように愛しているあなたたちが、亀之助を危険に晒《さら》すことをするとはとても思えなかった……」

嘉納兄弟が下を向いている。

「でも、もし、何か大きな事件が起きたら、全島大会自体が中止になると思いました。それに過去に練習中に事故死された方の記事を見て知っていました。だから、試合に出るということにして練習中の事故を装って犯人に復讐を果たすのではないかと……」

亀助は渡辺を睨みつけた。

「それから、犯人について。認知症のおじいさんや嘉納家の事情を深く知る人物だと思いました。脅迫電話に至っては、おじいさんが出るタイミングを見計らっていた。盗聴器をしかけていたのでしょう。それをできるのは、きっと家に何度も入ったことがある人物だ。近所の農家であれば、亀之助を少しの間、隠すのだってやりやすい」

渡辺が嗚咽《おえつ》をもらした。

「金がなくて、本当に出来心だったんだ。本当に申し訳ない……」

「ただ、嘉納家のお二人は、横綱を持っているくらいです。島の男として、まさに、闘争心が強いはず。我が子のような亀之助を盗まれたならば、そう簡単に引き下がるとは思えなかった。語弊はあるかもしれませんが、ある種、幼馴染みのよしみで、渡辺さんを見下している様子も感じられました。だから、もし、犯人が渡辺さんだとわかったら、絶対に許さないと思いました。一方で、渡辺さんはずっとパシリにされて、何か屈辱的なものも溜め込んできたのかもしれないなと感じていました」

渡辺が孝之を睨みつけた。

「そうだよ。お前な、亀之助の方が俺よりも年収高いとか、いいもの食べているとか言われて、どれだけ傷ついたと思っているんだよ……」

「そんなの冗談じゃねえかよ」

「冗談でも言っていいことと悪いことがあるだろ。実際、亀之助の方が、稼いでいるのは事実なんだからよ。それは、言っちゃダメだろ！」

渡辺が叫んだ後、闘牛場はしんと静まり返った。

そこに、サイレンの音が近づいてくる。捜査員たちが集まってきて、亀之助をどうするかで議論になった。一旦、闘牛の待機場にいれることで落ち着いた。確認したが、もちろん、明日の大会に出ることはないのだそうだ。

亀助は亀之助の頭を撫でて、最後のお別れを告げると徳之島警察署に向かった。そこでさきほどと同じ推理を話していく。

徳之島警察署の会議室を出ると、そこには大久保がいた。

「うちの若いもんが、本当に失礼なことをしてしまい、なんとお詫びを申し上げていいか」

大声を張り上げられて、亀助は周囲を見回していたたまれない気持ちになった。

「大久保課長、やめてください。頭を上げてください」

お詫びされているというのに、ものすごい迫力を感じて、亀助はむしろ恐ろしかった。

「もう帰られると聞きましたが、空港までどうか、私に送らせていただけませんか」

亀助は、「では、お言葉に甘えて」と言いかけて、ふと思い立った。

「一つだけお願いがあるのですか……」

「なんでしょうか」

大久保が、目を丸くしながら首を傾げた。

「空港に行く前に、最後にもう一度だけ、犬田布岬に連れて行っていただけませんか」

「ええ、もちろんです」

サングラスをかけた大久保が運転するセルシオがスピードを上げる。

あっという間に、犬田布岬に到着した。

今日はどんよりとした曇り空で風が強い。最初に訪れた時の景色とはまるで違う。

「ここは心が落ち着くような気もすれば、ちゃんと襟を正して誠実に生きなければと、思ったりもする。なんだか、不思議な場所です」

「その通りですな……。北大路さん、失礼を承知で申し上げますが、最初に嘉納から、あなたを島に呼んで名物料理を作りたいと言われた時、ふざけるなと叱りつけました」

亀助は必死に笑いを堪《こら》えた。そのシーンがまじまじと想像できたからだ。

「わかりますよ。僕だって、いったいなんで自分なのかって不思議でしたよ」

大久保が頭を揺らしている。

「でも、嘉納がどうしてもあなたを呼びたいと、あなたの記事を何枚も印刷して見せてきた。この人なら、島の魅力を伝える料理を考えてくれて、それを言葉で表現してくれるって……」

亀助は灰色の空を見上げた。

「私ね、グルメ探偵のあなたに惚れただけでなく、あなたのおじいさんのことも好きになりましたよ。〝最高の美食を楽しみたかったら、最高の人助けをしてからだ〟って。素晴らしい言葉だ。人は、自然の恵みに感謝して、社会に恩返しをしていかなければならない。いま、島の神様があなたを呼び寄せてくれたのだとはっきりとわかる」

亀助は大久保を振り向いた。

「あなたが来ていなかったら、きっと、あの兄弟は殺人者になっていた……」

「僕はてっきり、亀之助を使って練習中の事故死に見せかけるのかと思いました」

大久保が目を瞑ったまま首を振る。

「我々にとって闘牛はとても神聖な生き物です。ですので、そんなことはとてもできないんですよ。そんな神聖な生き物に、彼があんなことをしたから二人は絶対に許せなかったんだと思います」

亀助は「そういうことだったんですか」と、大きく頷いた。

「確かに、一度帰ろうとした飛行機の中で、自分がこの地に呼ばれた意味について、何度も考えてしまいました」

「私はね、東京の文化を否定したりはしませんよ。でもね、この国には、おかしな考え方をする若者が随分と増えてしまった。これは、我々にも責任がある」

亀助は言葉を発することができずにいた。

「決して、鎖国みたいなことをすればいいって言っているわけじゃないんです。インターネットがあれば、こんな小さな島でさえ、なんでも情報が洪水のように入ってくる。だからこそ、親がしっかり教育していかなければならないのです」

亀助は、「おっしゃる通りです」と言って、唇を噛み締めた。

「あなたのように、ちゃんと島の価値や文化を尊重してくれる、そういう人と関係性を深めていく必要があるんです」

大久保が手を差し出してきた。亀助は握り返す。

「これに懲りずに、また島へいらしてください」

「もちろんです」

駐車場に戻ってセルシオに乗り込むと、大久保が空港までクルマを飛ばす。

「あとね、あなたに、これだけはお伝えしておきたい」

「なんでしょうか？」

大久保は視線をよこさずに、前だけを見つめて話し出した。

「子供は宝です。子孫を作って、繁栄させなければ、家系が絶えるのは自然の摂理です。でも、家族なんて作らなくていい、子供なんていなくていい、自分だけで自由に生きていく。そういう人間が増えて、日本全体がそうなってきているように思える……」

「おっしゃる通りですね……。独身の僕は心苦しい限りです」

「ただね、わたしは、子供を三人育てて実感したことは、子育てを通じて、人は大人になって、成長していくのだと思うのですよ」

亀助は、心の中で、「わかりますよ」と何度も叫びながら頷いていた。

「亀助さん、騙されたと思って一度、結婚しなさい。あなたみたいな人だったら、自信を持って紹介できる。最近島で離婚した気立てのいい女がいるのですが、どうですか、一度、会って行きませんか？」

亀助は強めに首を振った。

「大久保課長、お気持ちだけいただきます。実は僕、彼女はいませんが、好きな人がいるんです」

「ならよかった」

大久保の強面の表情が緩んだので、亀助は心底ホッとした。

# 第四話　「亀助VS偽亀助」

1

亀助は、〝日本酒の師匠〟と慕う長内章《おさないあきら》の紹介で、テレビ局のプロデューサー村上仁紀《むらかみよしのり》と、四谷の居酒屋《萬屋《よろずや》　おかげさん》で食事を楽しんでいた。居酒屋と言っても、ただの居酒屋ではない。料理は季節のコース一択のみ、日本各地の地酒を取り揃える。ミシュランの一つ星を持っている珍しいお店なのだ。

乾杯をして生ビールを呷ると、まずは、〝菜の花のおひたし〟が出てきた。青々とした菜の花に、鰹節《かつおぶし》がのっている。口に含むと、ほろ苦さに白だしが効いていて、酒が進む。丁寧な仕事が光るとはこのことだ。

続いてやってきたのは〝活サヨリ　煎り酒〟だ。透き通るようなサヨリの身を一切れ口に入れると、鮮度の良さが感じられ、爽やかな梅の酸味が口の中に広がる。長内が「じゃあ、早速おまかせで日本酒をお願いしようか」と言うと、店のスタッフが笑顔で応じる。

「え、もう日本酒ですか。さすが、長内さんだな」

亀助は長内のジョッキを二度見していた。すでに琥珀色《こはくいろ》の液体は二割ほどを残すまでになっていた。

彼は緑色をこよなく愛す男で、ダークグリーンのスーツ、色味の強いエメラルドグリーンのネクタイが目を引く。スマホのカバーは蛍光色ともとれるライムグリーンだ。

「いやあ、だってここは日本酒と肴《さかな》とのマリアージュを楽しむ場所ですからね」

システム会社の役員をしている長内は〝日本酒検定〟の一級や〝唎酒師《ききさけし》〟の資格を持つほど、日本酒に詳しい。仲間内では、〝呑助先輩《のみすけ》〟の愛称で呼ばれていて顔も広い。グルメサイトに頼らずに名店を探し出すので、亀助は一目置いている。

この《萬屋　おかげさん》は来店して名刺交換した客には大将から直筆の挨拶状が送られてくる。そういった大将の心意気が光る店なのだ。そして、肴に合う日本酒を提案してくれる。和のマリアージュが抜群に素晴らしい。

「ここは何から何まで、すべてが洗練されていますね」

村上がそう言うと、ジョッキを呷って長内のペースに追いついた。二人は早稲田大学の同期だったそうだ。村上はグルメ好きが高じて、情報番組を任されているという話は聞いていた。実際、テレビ局のプロデューサーには食通が多い。

続いて出てきた〝金目鯛のカラスミ和え〟は、キンメの上に黄金色に輝くカラスミのすり下ろしがかかっていて、見た目が美しい。口に含むと、甘みのあるキンメの身とほどよい塩加減のカラスミとが絡み合う。見た目、香り、食感、そして味わいとすべてが完璧だ。

「いやあ、それにしても亀助さん、いつもワンプを楽しく拝読していますよ。本物のグルメ探偵にこうしてお会いできて光栄だな」

村上に持ち上げられ、亀助はお世辞だとは理解しつつ、悪い気はしない。自分も出版社というマスコミの出身だけに、インターネットの進化の中で過渡期にあるテレビというメディアの今後には興味がある。

「ネットテレビを見ることはありますか？　アメリカから入ってきたサブスクリプション型のネット番組が勢いありますが、テレビ局としてはライバル視していますか？」

亀助が矢継ぎ早に問いかけると、村上が箸を置いて静かに頷いた。

「日本のテレビ局がコンテンツを提供している番組もありますし、必ずしも競合とは考えていませんよ。我々がリーチできない若者に届けられる場合もありますから」

サブスクリプションとは、「定額制」と同じ意味で、ユーザーが月数百円から数千円支払うことで番組見放題になるサービスだ。近年は映画やテレビ番組のような動画に加え、音楽視聴、さらには読みもののサービスなど、急速に普及している。

村上が苦虫を噛み潰したような表情を浮かべて、続けて答える。

「そりゃあ、もうスマホもネットも大きな脅威ですし、当然意識はしていますよ。広告の流れも、カタチも、大きく変わってしまいましたから。我々自身が変わっていかないといけませんよね」

亀助も一昔前と比べて、テレビを見る機会が随分と減ってきた。

テーブルには新しい料理が到着した。〝まぐろの漬け〟だ。亀助は思わず唸った。醤油ベースにみりん、日本酒の黄金比で漬けられているのだろう。濃すぎず上品で絶妙だ。新しい日本酒をお任せで頼むと、〝奈良萬 純米生酒〟が出てきた。一口飲むと、芳醇《ほうじゅん》な香りが口の中に広がる。上質な酸味が漬けに負けない。

「ここの漬けはたまりませんね」

亀助が言おうとした言葉が村上の口からこぼれた。そして、しばらくお互いに好きなお店について話したりしながら、楽しく飲んでいたのだが、急に思わぬ方向に話が転んだ。

「亀助さん、このまま酔っ払って帰っただけじゃあ元も子もない。そろそろ本題に入らせていただきますね」

ついつい酒が進んでいたところで、村上が姿勢を正した。

「な、なんでしょうか」と、亀助はお猪口をテーブルに置いた。

「いやあ、今日、お会いしたかった理由は外でもない。いつも楽しみに亀助さんの記事を見ていましたけどね、ぜひ、グルメ探偵として、私の担当している情報番組にゲストとして出て欲しいのです」

亀助は、「冗談はやめてくださいよ」と、手持ち無沙汰にお猪口に手を伸ばした。

「いやあ、冗談なんかじゃありませんよ。あのキャラクターをもっと世の中に広めたい」

これまでもグルメに詳しいライターとして、ニュース番組からインタビューを受けたことはある。だが、今回は〝グルメ探偵〟というキャラクターありきで、情報バラエティ番組に出て欲しいようなのだ。

「グルメはいつの時代もそれなりに視聴率をとれるテッパンネタですからね。亀助さんは、ラーメンやB級グルメだけじゃなく、高級フレンチ、イタリアン、さらにはスイーツまで、なんでもいける」

亀助は我ながら確かにそうだなと顎をさわっていた。

「おまけに、グルメ探偵なんて、キャラが立っている。長内に聞いていた通り、これだけ食が好きなのに体型もスラリとしていてイケメンだ」

「いやいやいや、最近、必死にダイエットして、どうにかこうにか、減らしているところなんです」

亀助は謙遜した。

「いいじゃないですか。こういう新しいキャラクターをテレビは求めていたんです」

村上は、業界人らしく饒舌だが、どこまでが本気か、亀助は図りかねた。

「ありがたい話だとは思いますが……。それって、どれくらい具体的に企画が進んでいるんですか」

亀助が問いかけると村上が首を振った。

「私はこれでもチーフプロデューサーですから、もう企画は通してタレントのアサインも済んでいるんですよ」

村上が声を潜めて顔を近づけてきたのだが、人気タレントの名前が出てきたので驚いた。

「でも僕は滑舌が悪いですし……。キャラが立っているのは、ワンプの中だけですからね。それに、おもしろいことなんて言えませんよ」

亀助は片手をひらひらさせて、頭を下げた。

「いいえ、おもしろいことを言う必要なんてありません。真面目にいつものブログの感じで、グルメレポートをしてほしいんですよ」

店のスタッフが邪魔をしないように、さっと〝山ウドのさつま揚げ〟を置いて引っ込んだ。

長内が白い歯をこぼして、ずっとニヤニヤしながら傍観している。

「でも、やっぱり、あの決め台詞だけはほしいな。なあ、村上プロデューサー！」

村上が「だよな。やっぱり、あの台詞はほしいな」と、相槌を打つ。

長内が緑のメタリックフレーム眼鏡を外すと、目の前の皿にあった、さつま揚げを口に含んだ。すぐに箸を置くと、大袈裟に右手を眉間に当てて、考え込むポーズをし始める。どうやら亀助がワンプ限定でよくいう台詞を言おうとしているようだ。

「グルメ探偵、呑助のレシピが正しければ、この一皿に隠されている調味料とは、お塩だ……。〝伯方《はかた》の塩〟に間違いない。なーんてね！」

長内が、オーバーリアクションで両手を広げると、冷やかす感じで舌を出した。

「お客さん、うちの塩は、伯方の塩じゃないですよ」

すると、そばで聞いていた店のスタッフがすかさずツッコミを入れる。

「え、そうなの？」と、長内が自分でおでこを叩いた。

「なんだよ、伯方の塩じゃないのか」

亀助と村上が顔を見合わせて失笑する。

「いやあ、亀助さん、これは正式なオファーです。ぜひ、ご検討ください」

長内は茶化しているだけだが、村上は本気のようだ。

「あ、お店は、亀助さんのお気に入りのところを考えていますが、もしよかったら《中田屋》さんを使わせていただけないでしょうか」

亀助は「中田屋ですか」と聞き返した。それは、自分のプライベートをかなり公開することを意味していた。

「亀助さんがマストなのであって、中田屋さんは、もし可能であればというニュアンスですから」

「そうですか。とりあえず、私一人で勝手に返事をすることもできませんし、会社の上司に相談してから、ご連絡しますね」

酔いが一気にさめていき、仕事モードになっていく。

亀助は、あまり乗り気ではない。リスクが大きいイメージが膨らんでいたのだ。

「ワンプにとっても、決して悪い話ではないと思うんですけどね」

村上がいうと、長内がしたり顔で頷いた。

「亀助くん、こんなに素晴らしいプロモーションの機会をものにしない手はないじゃありませんか。カモがネギ背負って、亀助くんに頭を下げているんですよ」

長内はいつもこういうグルメな喩えをするのがうまい。

「ええ。どうか、わたくしめをカモ鍋にしてください。男にしてくださいよ」

相変わらず、腰の低い村上が頭を下げてくる。

「あ、もし亀助くんがどうしても無理だということなら、わたくし、男、呑助が代わりに出演して差し上げようか」

「うーん、それは、ちょっと……」

村上が首を捻る。すると長内が大袈裟にずっこけた。

「お、そうこうしている間に、大将の特製、締めのアレが始まりましたね」

長内に言われて、亀助は後ろを振り返った。

大将が自ら握る締めの塩むすびは、ここの名物でもある。両手を使ってリズミカルにおむすびを握るのだが、その形は見とれてしまうほど美しい。

そして、テーブルにやってきた塩むすびは光り輝いている。しっかり握られているのに、口の中でほろりとほぐれる。ほどよい塩加減、お米の温もりが口の中を満たす。


村上は業界人らしく、知らぬ間に会計を済ませていた。

職場に戻ると言う村上に別れを告げ、長内と二人で四谷のバーに入った。

「長内さん、僕なんかが、テレビに出て大丈夫ですかね」

「天下のグルメ探偵さんが、なにをおっしゃいますか。ここで断ったら、亀助くん、男じゃありませんよ。僕がどんな思いで推薦したと思っているんですか。あの村上Pを説得したのは僕ですよ」

そうだったのか。長内は真面目に話をしてくれたのだろう。

「そうですよね……。これは、本当にありがたい話ですよね」

「ですよ。だって、広告じゃないんですよ。普通はどの会社もお金をかけてプロモーションをするんですよ。キー局のテレビＣＭを打とうなんて言ったら、大変なコストがかかる。それが、亀助くんは多少のギャラをもらって、会社のサービスを間接的に宣伝できるんですから。それを断るなんて、会社の人からしたら、〝あいつなんなんだ〟ってなりますよ」

亀助は天井を見上げた。もっともな指摘だった。フリーでグルメ探偵というキャラをやっているわけではない。いまは、株式会社ワンプレートの社員というか、役員なのだ。宣伝部のスタッフがどれだけ努力をして知名度を上げようとしているのかを知っている。

「長内さんのおっしゃる通りですね。言葉が胸にスッと入ってきました」

長内がグラスを傾けながら、「そうでしょう」と頷いてくれた。

「この貸しは大きいですよ。うまくいったら、今度こそ島田社長に推薦してもらって、僕を役員待遇で迎え入れてもらおうかな。島田さんが〝ＣＥＯ〟で、亀助くんが〝ＣＣＯ〟でしょ。じゃあ、僕は〝ＣＮＯ〟で、チーフ日本酒オフィサーでどうかな？」

亀助は「呑助先輩らしいですね」と噴き出した。長内が亀助の新しい名刺を取り出して見つめている。名刺を作る度に欲しいと言ってくるのだ。

島田の〝ＣＥＯ〟はつまり、会社の最高経営責任者で、〝ＣＯＯ〟最高執行責任者も兼任している。他に、島田の学部同期の公認会計士が〝ＣＦＯ〟で、最高財務責任者だ。島田に「ＩＴ企業の役員らしくお前もかっこいい肩書きを考えろ」と言われて、亀助は「〝ＣＣＯ〟にします」と伝えた。コンテンツに責任を持つという意味だ。

「でも、正直言って僕はマイペースですが、島田はどんどんプレッシャーをかけてくるんで、一緒に働くと嫌いになると思いますよ」

長内も二度ほど島田と一緒に飲んでいる。

「わかるなー。島田さんは自分に厳しく、人にも厳しいイメージだもんな。部下を鬼詰めにしてそうだなー」

長内がそういって、左の手首に巻いたグリーンの〝ロレックス・サブマリーナー〟に目をやった。

「お、明日は朝からプレゼンがあるから、終電で帰らないと」

長内は終電をあまり気にせずに飲むタイプなので、よほど重要な案件なのだろう。

翌朝、亀助は島田をつかまえようと思っていたところ逆に、社長室に呼び出された。

「なあ、お前と同じ年のアプリ開発エンジニアが応募してきてよ。三浦《みうら》くんって知っているべか？　面接でお前の名前を出していたらしいわ。小学校が一緒だったって」

会社はエンジニアやデザイナーを積極採用中だ。島田がテーブルに履歴書をすべらせた。亀助は早速手に取った。名前は〝三浦雄介《ゆうすけ》〟とある。

「あ、ユウくんだ！」

写真をパッと見ただけで遠い記憶がぼんやり蘇ってきた。肥満とまではいかないものの肉付きがいい印象があったが、スマートになって垢抜《あかぬ》けた気がした。ゲームが好きで格闘ゲームが強かった。あまり友人とつるまずにいた印象がある。

「ずっとクラスが一緒でした」

「へえ、どんなやつ？」

「うーん、僕がいうのもなんですが、食いしん坊でしたね」

島田が「お前がいうなや」と言って大声で笑い出した。

「うちの学校の給食ってカフェテリアだったんですけど、給食の時間になると競い合うようにして向かいましたね。僕と一緒で勉強もスポーツもそこそこで、目立つ感じではなかったのですが、ゲームがうまくて一度も勝てなかったな……」

亀助は履歴書の学歴に目をやって何度か頷いた。〝慶應義塾幼稚舎〟は幼稚園と勘違いされることもあるが伝統ある小学校だ。六年間、担任の変更もクラス替えもないのが特色と言える。だが三浦は小学校四年時の途中、家庭の事情で転校してしまったので、それからは音信不通だった。受験倍率も高いため、幼稚舎から転校するケースはやや珍しい。

その後、地方の国立大学で情報工学を学んでエンジニアになったようだ。

「そっか。キャリアも、スキルも問題ないべ。お前の言う通り、食も好きらしい。俺が次の最終面接で会ってみて、問題がなければ来てもらう。お前も面接に入るかい」

亀助は首を振ったが、グルメが好きな三浦と一緒に働くイメージがすぐに湧いた。

「いや、僕が入っても昔話で終わっちゃうので任せますよ。それより、実はテレビ局から出演のオファーがありまして……」

昨日の村上からの依頼を伝えると、思っていた通りの答えだった。

「断るとか、ありえないべや。せっかくのアピールチャンスだべ」

確かに、会社のトップとしてはそういう答えになるのだろう。


亀助は会社近くのカフェでサラダを食べ終えた。糖質をとらない食事にもだいぶ慣れてきた。十九時を過ぎたところで、突然見知らぬ番号から着信があった。迷ったが、とりあえず、受けることにした。

「もしもし」と、恐る恐る答える。

〈北大路さんのお電話で間違いありませんか？〉

「はい、北大路です。どちら様ですか？」

〈こちらは、銀座の《レストラン・セゾン》でございます。会社にご連絡をして番号を

お聞きしました〉

「あ、《レストラン・セゾン》さんですか」と、銀座にあるフレンチの名店の名前を聞いて安堵する。

〈ご予約いただいたお時間が過ぎておりますので、ご連絡差し上げました〉

「え、《レストラン・セゾン》さんですよね。えーと、予約ですか？」

亀助は背中にゾッとするものを感じた。まさか、自分が予約して忘れてしまったというのか。

「あの、いつ、どなたが予約したのですか？」

〈ええ、ですから……。昨夜の十時過ぎのことだったでしょうか。北大路様が四名でコースを予約されましたので、我々はお待ちしておりました〉

「ちょ、ちょっと待ってください。私は断じて予約していませんよ。間違いなく」

若年性アルツハイマーになっていたら、どうしようかと思ったが、昨日のことであれば、断言できる。

「だって、昨日連絡したんですよね。さすがに、そんな昨日のはっきりとした時間のことを忘れるわけがありませんし。私は会食をしていた時間ですから」

〈そうおっしゃられても……。会社の番号をお伝えいただいたのですよ。私どもは、お席を用意して、コースをスタートする準備をしていたのですが……〉

「あの、ちょっと待ってください。でしたら、私の携帯電話の番号をお伝えするはずです。それに、私はグルメライターをしています。飲食業界に身を置く人間ですので、絶対にそんな失礼なことはしません。とりあえず、そちらに伺ってもいいですか？」

相手からため息がこぼれ落ちたのがわかった。

〈いいえ、それでしたら、結構です。大変失礼いたしました〉

2

週末の土曜日、昼過ぎ。築地駅の近くにある格闘技ジムのドアを開いた。シャドーボクシングを行っている屈強な男と目があった。

「あ、亀助さん、こんにちは」

荒木の恋人である小室敏郎だ。キックボクシングのグローブをつけたまま、右手を上げた。最初は受講生としてジムに通っていたのだが、レベルが上がりすぎて、今は資格を取り、月一程度、臨時でトレーナーをやっている。

「トシさん、やっぱり来ていたんですね！」

小室は「今日はあいつには内緒ですけどね」と言って、舌を出した。小室は以前、亀助や荒木とともに鹿児島県の徳之島に行く約束をしていたのだが、仕事の事情で参加できなくなった。荒木の東京に戻ってからの怒りと荒れようは凄まじかったと聞いている。小室の胸板と、割れた腹筋部分に目がいった。黒いTシャツは、びっしょりと汗ばんでいる。

「今日もいくらでも相手になりますからね」

教え上手な小室が優しく声をかけてくれた。

「はい、ぜひお願いします。では、のちほど」

亀助は更衣室に入ると、すぐに動きやすい短パンとシャツに着替える。鏡に映った自分の姿を見つめた。

随分と増量した時期に比べたら、かなりましになったはずだ。体重はマックス時から三、四キロは落ちている。だが、二十代の頃に維持していた体重からは、まだ三、四キロ多い。

いつかはちゃんと痩せなければと思っていたのだが、いまこそ、本気で取り組まなくてはならない。都市伝説かもしれないが、テレビは通常よりも顔が横に膨らむと聞いたことがある。

亀助は更衣室からトレーニングスペースに戻ると、入念なストレッチを始めた。すると、小室がリングの上で上級者を相手にスパーリングを始めた。スパンと乾いた音がジム内に響く。

三分間のスパーリングを立て続けに二回やり終えると、息を切らした小室が亀助の元にやってきた。ベンチに腰を下ろして、壁に凭れている。スパーリングをあれだけのレベルでやったら、相当な体力を消耗するのは亀助にもよく理解できる。

「お疲れ様です。いやあ、かっこよかったな」

「ぜんぜん動けてなかったですよ。最近、きちんとトレーニングをしていないので、ダメダメですね」

亀助とは、次元が違う人の発言だった。

「トシさん、今日はちょっと相談がありまして……」

「へえ、珍しいですね。亀助さんが相談だなんて、なにがあったんですか」

小室が覗き込んできた。

「実は、割と近々、テレビに出演することになりそうでして……。とにかく、いますぐに痩せたいんですよ。これまでとは切実さが違うんです」

小室が「マジっすか。すごいじゃないですか」と大声を張り上げたので、ジムにいた多くの人がトレーニングを止めた。

「ど、どうも……。なので、どうかよろしくお願いします……」

「じゃあ、もう、今日はどんどん亀助さんの体をいじめちゃいますからね」

小室に言われて、亀助は苦笑いを浮かべつつ、立ち上がると、ウォーミングアップを始めた。

「じゃあ、バシバシ打ってきてくださいよ」

小室がミットを持って構えた。亀助はグローブをはめてジャブとストレートを打ち込む。体幹を意識すると、ミットに弾ける音も違う。

「もうちょっと踏み込んで」「はい、その感じ」「いいですね」と小室は乗せてくれる。

「じゃあ、次はミドルキックをやりますか」

小室が抱えたサンドバッグを目がけて足を振り上げる。バシッと、弾ける音が聞こえた。小室から、「軸足をしっかり踏み込んだら、独楽《こま》になる感覚で」

亀助は、ゆっくり頷いて足を踏み込んだ。ストレスが発散される。

「いいね。はい、もういっちょ」

亀助は体重を乗せて連打を繰り返す。バシッ、バシッ。当初の音とは、随分と変わったように思える。

「いいね。亀助さん、めちゃめちゃ蹴られるようになったじゃないですか」

当初はジャストミートできていなくて、毎回、気持ち悪さを感じていた。しかし、いまはインパクトを最大にできている気がするのだ。その快感といったら、他の運動では味わえない。

三分間のトレーニングを終えて、小休憩に入る。息は上がっているが、すぐに倒れこんでいた以前と比べると、人と会話をできるほどの余裕ができている。

「そうですね。トシさんのおかげで、最初の頃に比べると、だいぶ、それっぽく蹴られるようになりましたよね」

「いやあ、亀助さん、センスがあるんですよ。始めた頃と比べたら別人ですよ」

小室はモチベーションのコントロールがうまい。大してセンスがないことは自覚しているし、まだまだトレーニングが足りていないのもわかっているが、もっと頑張ろうという意欲を掻き立てられる。

「でも、テレビに出るんだったら、ギリギリまで追い込まなきゃね」

「そうなんですよ。炭水化物もいま以上にカットしないといけないですね」

小室が残念そうに、首を振った。

「そっかぁ。この後、ちょっと飲みたかったんですが、しばらく誘えないですね」

「いやあ、一杯くらいいきましょう。そうだ、トシさんは、奈央ちゃんとどうなんですか？　そろそろ、結婚ですか？」

「最近、旅行の件で怒らせたこともあってプレッシャーをかけられています。あいつの部屋が半年後に更新になるんで、それまでに一緒に住もうって、いま、二人で生活できる部屋を探しているんです。近々、向こうの親に会うことになりました」

亀助は初耳だったので驚いた。

「おお、なんだかんだ順調ですね」

おめでとう、は変な気がして、ありきたりな表現になってしまった。

「いやあ、ご存知の通り、激しい女ですから、一緒に暮らしたらどうなるか、まだびびってるところがありますけどね」

亀助自身、荒々しい荒木の日常を想像すると、笑みがこぼれる。

「ケンカは多そうだけど、でも、毎日楽しそう」

「そうなんですよね。あいつといると、楽しくて」

亀助は、荒木が小室への想《おも》いを語った時のことを回想していた。

どんなときでもありのままの自分を、すべて受け入れてくれる——。

そんな懐の深さを小室に感じたと荒木は亀助に語った。その懐の深さが、残念なことに、自分にはないのであった……。


亀助がオフィスに戻ると、来客スペースから島田の声とともに、小学校の同級生である三浦らしき声が聞こえてきた。後ろ姿にも、どこか面影がある。

「ユウくん、久しぶり！」

「亀助くん！　俺のこと、覚えていてくれたの？　嬉しいな」

三浦が歩み寄ってきて右手を差し出してきた。昔は分厚い眼鏡だったが、洒落たフレームになっている。

「もちろんだよ。こちらこそ覚えていてくれて嬉しいよ」

「毎日お昼の給食は一緒だったし、そんな特徴的な名前を忘れるわけないじゃん」

言われて、亀助も「確かに」と笑った。「あ、これ渡しておくね」と新しい名刺を差し出した。三浦が名刺を見つめながら目を細める。

「いや、でも驚いたよ。俺、グルメ探偵が大好きで初めから見ていたんだけど、その正体が、まさか自分の同級生だったなんてね。誇らしいよ」

「恥ずかしいけど、ありがたいなあ」

亀助は照れながら頭を掻いた。

「みんな、元気かな。それぞれの分野で頑張っているだろうけど、特に、亀助くんの姿には刺激を受けるよ。俺ももっと頑張らなきゃいけないってさ」

慶應には〝三田会〟という同窓会組織とは別に、幼稚舎のOB・OGだけが入会を許される〝幼稚舎三田会〟という組織があり、〝三田会〟よりもさらに強固な結びつきがある。しかし、そこに、転校した三浦が呼ばれることはない。

「今度、当時の仲間と集まるときは誘うからさ。あ、もしよかったら……」

ＬＩＮＥのＩＤ交換を提案しようとして躊躇《ためら》った。もし、ワンプに不採用だったら気まずい。

すると、三浦がさっとｉＰｈｏｎｅを取り出して「連絡先を交換してよ」と言ってくれた。

「ありがとう。じゃあ、またゆっくり話そうね」

三浦はそういうと会社を後にした。採用結果は出ていないのだから、微妙な関係性ではあるのだ。ホールまで三浦を見送ると、島田が「部屋に来いよ」というので社長室に入ってソファに腰を下ろした。

「三浦雄介くん、どうでしたか？」

「来てもらうことにしたわ。うちのサイトをよく見てくれているし、グルメサイトの分析も正確でさ。聞けば、グルメサイトを立ち上げようとした経験があるんだってさ。もっとこうした方がいいっていう提案が具体的で的確だったわ」

亀助はホッと胸をなで下ろした。彼が不採用だとどこか気まずい。

「バイアウトするつもりはあるか、上場は狙っているのかって、熱心に切り込まれたべや。最近、そういう質問が多いけど」

ＩＴ業界では、大手によるスタートアップ企業のＭ＆Ａが活発だ。学生が起業して短期間で大手にバイアウト、つまり、企業売却するケースも珍しくない。しかし、島田はワンプへの愛情が深く自分たちで育てていきたいという思いが強い。なので、もし大手と組むことになっても、事業を手放すつもりはないと言っている。

「こうして、入りたい人がもっと増えていくように頑張らないといけないですね」

亀助がそう言うと、島田が深く頷いた。

社内でのテレビ出演の方針も固まり、亀助は村上にその旨を伝えた。

《中田屋》の豊松に「店で撮影をさせてもらえないか」と協力依頼をしようと思っていたところ、逆に「相談がある」と言われ、店を訪れた。スーツ姿の中田豊松が腕を組んで、目の前で肩を落としている。

「見てくれよ。うちの店でけっこうな額を飲み食いしてさ、名刺を渡して、ここに請求書を送って欲しいと言ってきた慶應の教授がいたんだけど、本人は俺じゃないって言って、ツイッターにあげているんだ」

亀助はスマホに齧り付いた。亀助とは学部が異なったため、授業を受けたことはないが、テレビでもよく見かける著名な教授のアカウントだ。美食家で知られている。

〈銀座の高級料亭の中田屋で、俺の名前でツケ払いした輩がいて、怒り心頭。俺が行ったことない店で、どんな美味しいもんを食ってんだよ！〉

ツイッターには《中田屋》からの請求書の画像が添付されている。宛先は大学の研究室で請求額は十三万円ほどだ。

さらに、画面をスクロールして別のツイートも探る。

〈中田屋に電話したら、先生が秘書と助教の方と三人でいらっしゃったとのことだが。おいおい、その日、俺は上海にいてツイートもしている（それじゃあアリバイにならないか）。誰か、犯人を突き止めてくれよ！〉

亀助は豊松に目をやった。

「これを見た大女将が犯人を突き止めてくれるのは、亀ちゃんしかいないだろってさ」

亀助は噴き出した。いかにも祖母のきくよが言い出しそうだ。

「悪い冗談はよしてくれよ」

「そりゃあ、半分冗談だけど本気で困っているんだよ」

亀助は頷いた。

「でも、相手もバレるリスクを冒してよくこんなことしようと思ったよね。うちのお店は誰が対応したの？」

豊松が右手で顎をさわった。

「それが大女将なんだよ。テレビをそんなに見ない人だから、教授のこともよく知らなかったらしいよ。言われてみれば聞いたことある感じがしたって」

「え、大女将が？　ツケ払いを許したの？」

確かに、きくよでなければ認められなかったかもしれない。

「ほら、うちは慶應出身が多いだろ。大女将も孫が世話になって、みたいな心理が働いたんだろうな……」

亀助は目を瞑って頷いた。きくよは、仁義を重んじるタイプだ。

「財布を忘れたと言っていたらしく、その言い訳なんかもスムーズで、うっかり信用してしまったみたいだ。〝秘書や助教に払わせるわけにはいかない〟とか何とか言って」

「引退間際の大女将がいつもいるわけじゃないし、いろんな偶然が重なったんだろうけど、こんなことが起こるものなのかな」

亀助は、《中田屋》でも食い逃げが起こりうるのかと妙に感心していた。

「まあ、こちらも確認不足の落ち度はあるけどさ、まいったよ」

犯人を探し出したいところだが、どうすれば見つけられるだろうか。

「うん、なんとか、やれるだけやってみるよ」

「頼むよ。身内に探偵がいるのは心強い」

亀助は、その言葉で相談事を思い出した。

「あ、そうだ。こっちも、今日は、ちょっと相談があってさ……。実は、いま、テレビ局から撮影協力をお願いされているんだよね」

豊松が首を傾げた。

「撮影って?」

「ああ、グルメの情報番組に出演することになったんだ」

「へえ、ワンプのPRになっていいじゃん」

ずっと表情をこわばらせていた豊松が相好を崩した。

「それで、プロデューサーが、《中田屋》で撮影できないかって」

「うちは基本的にテレビが入るのは断っているけど、亀ちゃんの頼みじゃ仕方ないな」

亀助の予想通りの反応ではあった。

「だけど、僕がグルメ探偵として登場して、実家の料亭で食事するのって、世間に〝ボンボン〟とか思われないかなって……」

豊松が腕を組んで目を瞑った。

「まあ、確かに。鼻につく人はいるかもしれないけど、そんなことを気にしていたら、この先やっていけないんじゃないかな」

島田と同じようなことを言うなと、亀助は鋭い矢を放たれたような痛みを感じていた。《中田屋》を出てから、長内に電話をかけた。今回、世話になったこともあり、番組収録に立ち会ってもらおうと思ったのだ。

だが、「ごめん、ちょっと忙しくなってしまってさ」とあっさり断られてしまった。

3

亀助は自宅のベッドで目覚めると、ｉＰｈｏｎｅが震えているのに気づいた。名前を見ると、姉の鶴乃からの着信だった。少し嫌な予感を覚えつつ、電話に出る。

「もしもし、姉さん。どうしたの？」

〈あんた、寝てたの？　独身貴族は優雅でいいわね〉

朝から嫌味を言われるとは思っていなかった。

「朝からなんだよ、もう……」

〈おばあちゃんが引退して、海外旅行に行くでしょ。だから、お疲れ様と、ありがとうのメッセージを込めて、なんかプレゼントしようよ。旅行で使えるものがいいかな？〉

三代目の大女将きくよが、ついに引退するのだ。

「ああ、それは賛成。何がいいかちょっと一緒に考えてみよう」

〈オッケー。じゃあ、そういうことで。また、連絡するわ〉

「うん、ありがとう」

なかなかいい姉弟ではないか。亀助はそんな心地よさを感じていた。

〈ねえ、そういえば、あんたさ、仕事で記事を書いているのは知っているけどさ、個人的にはインスタグラムとか、ツイッターとか、ＳＮＳってやっているの？〉

どういう意図なのか、亀助は首を傾げた。

「ああ、一応、アカウントは持っているけど……。あんまり、運用していないかな」

半分は嘘だった。ツイッターは、一週間に一度はツイートするようにしている。インスタも最近のトレンドなので、それなりの頻度でやっている。

ただ、あまり鶴乃にはプライベートを知られたくない。なにに文句を言われるかわからないのだ。

〈本当に？　裏アカウントとか、持っていない？〉

「いや、本当だし、仮にやっていたとしても、姉さんにだけは絶対教えたくない」

つい、本心が出てしまった。すると舌打ちが聞こえた。

〈あっそ。こっちだって、あんたなんかの自由気ままな私生活なんて興味ないし、覗きたくもないんだけどさ〉

尖《とが》った声だった。

「なんなんだよ。いったい」

〈言わせてもらうけどさ。わたしがあんたのことを思って、せっかく天音ちゃんを紹介してあげたのに〉

「そ、それは、本当に悪いことをしたと思っているけど……」

亀助は途端に劣勢に立たされ、しどろもどろになっていた。

〈見た目も性格も完璧な女の子を紹介してやったっていうのに、わたしに報告することはないわけ？〉

言われた通りだった。後ろめたさから鶴乃に連絡しづらかったのだ。

「ああ、それは、だから申し訳ないと思っているよ……。聞いているかもしれないけど、デートをドタキャンしちゃって、その後も忙しくて、予定が合わないうちに、嫌われてしまったみたいで……」

そう言いながら、鶴乃にはすべてが筒抜けなのだろうと思った。

〈え、忙しさのせいにするってこと？　誠意が足りないだけでしょ〉

図星だった。ドタキャンの後の対応がきちんとできなかった亀助が悪いのだ。

「いや、そう、かもしれないけどさ……」

〈で、新しい彼女ができたから、天音ちゃんのことは、もうどうでもいいってこと？〉

よくわからない発言だった。

「はあ？　何をいっているんだよ。僕はずっと一人で、最近も仕事ばかりだけど」

〈あ、そう。あんた、そういうこと言うんだ。わかった。もう、あんたのプライベートにはお節介も焼かないし、知らないわ〉

電話は切られた。亀助はため息をついた。

なんなんだよ。

モヤモヤを抱えたまま、亀助はコンロで豆乳を温める。グツグツと沸騰し始めたので、今度はエスプレッソマシンにカプセルをセットした。スタートボタンを押すと、荒々しい音が響き、すぐに濃厚なエスプレッソが注がれていく。そこに豆乳を入れて、かき混ぜる。ソファに座ると口に含んだ。体が温まっていく。

何か最近、歯車が微妙に狂っている気がする。僕の名前を使ったあの店への予約はなんだったんだろう。

そして、鶴乃の電話だ。彼女がどうとか言っていたが……。自分ではない誰かが女性と食事をしたり、歩いたりしているところを見て勘違いしたのだろうか。


荒木が「急ぎの話があるからサクッとランチしない？」というので、亀助は東銀座の喫茶店《ＹＯＵ》に足を踏み入れた。すでに到着していた荒木と河口が気づいて手を上げた。「事務所が近いし、ソムリエにも声をかけて」と言われたので、河口にも来てもらったのだ。

「ここの名物といえば、やっぱりオムライスだよね」

荒木に問われて亀助は静かに頷いた。三人とも、オムライスにチーズをトッピングしたものをオーダーする。

ほどなく、インスタ映えしそうな見た目も美しいオムライスがやってきた。ふわふわトロトロのオムレツにスプーンを入れて、ケチャップライスとともに口に運んだ。マーガリンや生クリームの濃厚な甘みに加え、とろけるようなチーズが加わっている。贅沢感に包まれた後でやっと、亀助はダイエットをしていることを思い出して罪悪感が込み上げてくる。

「で、急ぎの話って、何？」

ランチは一時間しかないので、亀助は早速切り出した。

「ちょっとさ、友達から探偵の悪い噂を聞いたんだけどさ……」

荒木が顔を近づけてきて、声を潜めた。

「え、悪い噂って、どんな？」

真顔で聞き返す。

「探偵が、〝俺が店を紹介してやる〟って偉そうに言って、〝その代わりタダにしろ〟って言って、高額の料理を食いまくったとかなんとか」

寝耳に水だった。河口が「それ、どこで？」とスプーンを止めた。

「埼玉の大宮に新しくできた肉割烹《にくかっぽう》のお店だって」

「そ、そんなこと、僕がするわけないじゃん。大宮にはここしばらく行ってないし」

亀助は身の潔白を証明すべく、スプーンを置いて、両手を上げた。

「だよね。探偵は〝俺〟じゃなくて、〝僕〟って言うもんね。そもそも、そんなキャラじゃないし。わたしもそれは絶対ないよって友達に言ったんだけどね」

「冗談じゃないよ。なんで、僕がそんなことするんだよ。仕事なら経費で落とすし、そんなせこいことなんて、一度もしたことないよ」

冷たい水が入ったグラスを一気に呷る。オムライスを平らげると、セットのアイスカフェラテが到着した。

「うん、わかっているよ。わかっているから、興奮しないでよ」

荒木が心配そうに覗き込んできた。荒木の前でここまで取り乱したことはない。

すると、「あ！」と言って、河口が声を上げた。

「先輩まで、なんですか。なにかあったんですか」

「いやあ、そういえば……。君の姉さんからさ、探りを入れられたんだよ」

亀助も鶴乃から今朝、変な電話をもらったばかりだ。

「いまの噂とは関係ないだろうけどさ……。亀助くんがＳＮＳをやっていないか。彼女ができたんじゃないかって」

河口が不穏なことを言い出したので、亀助はｉＰｈｏｎｅで〈北大路亀助〉と入力してエゴサーチし始めた。当然、いろんな記事がでてきたので、これは時間をかけて調べなければならないようだ。

「そうですか。実は今朝、僕にも姉から連絡があったんです。ＳＮＳをやってないかって確認してきました」

「で、なんて答えたの？」

「……やっていたとしても、姉さんだけには教えたくないって言っちゃった」

荒木が、「うわ、最悪だわ。その返事」と言って笑い出した。

「なんなんだよ、もう」

亀助がいうと、「落ち着いて」と荒木になだめられた。

「いやあ、そんなこと聞いたらもうじっとしていられないよ。その店に確かめに行かなきゃ気が済まない」

荒木が頷くと、《肉割烹　瀧口《たきぐち》》のリンクを送ってくれた。

「あの、すみません、わたしは北大路亀助という者なんですが……」

亀助が名刺を差し出すと、店主が、「おや」という感じで顔を上げた。居合わせた女性スタッフも動きを止めた。

「あなたが、北大路亀助さん？」

「はい。私の名前を騙《かた》って、こちらのお店に迷惑をかけた人がいるという話を伺いまして……」

店主が訝《いぶか》しげに亀助を見つめている。

「ああ。数日前に、同じ名前を名乗るお客がやって来てさ……」

店主が名刺を取り出した。

「ほら、これだ。この名刺を出してきた」

亀助は受け取ると、まじまじとその名刺を見つめた。

《グルメ探偵　北大路亀助》と書いてある。亀助自身、見たことのない名刺だ。

住所はなくて、知らない電話番号とメールアドレスだけが書いてある。

「こちらが本物の名刺なんですが」と言って、亀助の名刺を店主に渡す。

「じゃあ、あなたはなりすましの被害に遭ったってわけかい？」

「どうやら、そのようです。でも実害は、私よりもこちらのお店にありますよね」

「まあ、確かにね」

亀助は唇を噛み締めたまま、天井を見つめた。

「お忙しいところすみませんが、その男がどんな様子だったのか詳しく聞かせてくれませんか？」

「ああ、もちろんいいけど。電話を受けたのは、彼女なんだよ」

女性が「どうも」と言って頭を下げてきた。

「電話で〝ワンプっていうサイトを知っていますか？〟って聞かれました。知らないって答えたら、〝俺が紹介したらバズりますよ〟って」

亀助は「そうですか……」と頭を下げる。腸が煮えくり返りそうだ。

「取材したいって言ってきました。本来は、お店をサイトで紹介する際は、五十万円程度のギャラをもらっているけど、特別に無料で取り上げたいって」

亀助は、ため息をもらしながら頷いていた。

「それで男性二人、女性一人の三人で来て高いものばかり飲み食いして、大して私達の話も聞かないで帰っていきました」

「北大路と名乗った男は、どんな背格好でしたか？　僕に少しは似ていましたか？」

女性が首を傾げて、亀助を見つめると「あまり……」とつぶやいた。

「歳は三十歳くらいに見えたかな。背は高くもなく、低くもなく、眼鏡はかけてなかったですね。まあ、太ってはいなかったし、シュッとした感じかな」

店主が女性の代わりに答えた。

「警察には相談しましたか？」

「いや、まだだけど」と、店主が答える。

「すみませんが、できれば被害届を出してください」

「え、ええ、わかりました。そちらがそういうのであれば……」

「この偽物の方の携帯の番号にはかけていませんか？」

店主が頷いた。礼を言って店を出た亀助は、すぐに偽名刺の番号に電話をしてみたが、予想通り〈おかけになった電話番号は現在使われておりません〉というアナウンスが流れた。

亀助は近くのカフェに入ると、今度は〈グルメ探偵〉でエゴサーチをした。

三十分ほど検索結果を見ているうちに、有名な匿名掲示板に背筋が凍りつくような文言を見つけた。変な汗が毛穴から噴き出てきた。


〈グルメ探偵とかほざいてカッコつけているライターが草〉

そのあとに、亀助が書いた記事のリンクが貼られていた。

〈手がかりは一皿の中にあったのか。なんて、くさい台詞を一度でもいいから言ってみたい（ウソ）〉

〈恥ずかしくてそんなこと言えねえ〉

〈いいとこの坊ちゃんらしい〉

〈こいつのフリをして、言うのどう？〉

〈誰が一番、なりきれるか選手権〉

〈草生えるwww〉

〈それ最高〉
〈とりま、オフ会をやるか〉

もしかしたら、これがきっかけなのだろうか。だが、その後の対話をたどったものの、手がかりは摑めなかった。

亀助は想像していたものの、実際に批判コメントを見ると、やはり胸を抉られる。だからこそ、いままで見ないようにしていたのだ。

そして、今度はツイッターに〈グルメ探偵K〉というアカウントを見つけた。アイコンに使われている画像は、ロッシーニにフォークとナイフを入れているものだ。ロッシーニは同名の音楽家が考案した料理と言われていて、牛フィレ肉とフォアグラ、トリュフを使った贅沢な一皿だ。開設されたのは、もう三ヶ月近く前のことだ。こんなに時間が経過するまで気づかなかったとは、我ながら間抜けすぎる……。

プロフィールには、〈銀座を中心に活動するグルメオタク。相棒はハイブリッドバイク〉とある。投稿を見ていくと、いかにも亀助が通いそうな店に関するツイートが多い。

今度は、インスタグラムを立ち上げて、同じく〈グルメ探偵〉で検索をかけた。すると、案の定、ツイッターと同じ名前で登録されているアカウントが出てきた。

インスタグラムでは、亀助が普段は行かないような銀座や六本木の夜のお店の写真が多い。いわゆる、チャラついた雰囲気が伝わってくる。そして、顔は見えないが、彼女のように寄り添った女性の姿も写り込んでいる。

亀助はインスタグラムやツイッターを見つめながら、ふと、背筋に冷たいものを感じた。もしこれを知り合いが見て、真に受けたとしたら……。

腕時計も亀助がしているものだ。そして、ハイブリッドバイクの〝グラフィット〟だ。和歌山県の会社が作ったもので、話題になったものの、これを乗っている人は東京ではまだそれほど多くない。

どうやらある程度、亀助のことを知っているようだ。


生唾を飲み込んだ。すぐに、鶴乃に電話をした。

〈あんた、なによ?〉

「姉さん、この前さ、SNSのこと、聞いてきただろ?」

〈ああ、自分の行いを反省したの?〉

「いや、違うよ。ただ、もしかして、僕のなりすましを見て、真に受けたんじゃないかって……」

〈なりすまし?〉

「そう、〝グルメ探偵K〟っていうアカウントを見たんじゃないの？　それを僕のものだと思ったんじゃない？」

〈え、違うの？〉

鶴乃の声のトーンが急に変わった。

「違うよ。よく見れば、僕と違うってわかるだろ。家族なんだから、それくらい気づいてくれよ」

〈なに言ってるのよ。気づかないわよ〉

亀助は舌打ちをした。

〈まあ、でも、あなたも偽者が現れるくらい、有名人になったっていうことじゃない〉

「いやあ、ただのイタズラだろうね。ただ、僕の本名を名乗っているわけじゃないし、〝グルメ探偵〟って商標登録をしたわけでもないから」

〈そうね。〝北大路亀助〟でアカウントを開設して、あなたの名誉を汚すようなツイートを重ねていたら、削除依頼を出せるだろうけど、あれじゃあ無理よね〉

「参ったな」

〈でも、目的がよくわからないわね〉

「そうなんだよ。なんの目的があって、あんなチャラい男を装うのか、意味がわからないよ」

〈そうね。とにかく用心しなさい〉

「まあ、このまま放置するわけにはいかないな」

〈あ、そっか〉と、鶴乃がよくわからない声を上げた。

「なに？　なにが、〝あ、そっか〟、なんだよ」

〈実は、そのSNSってわたしが気づいたわけではなくて、天音ちゃんから聞いたの〉

「え、天音さんが？」

亀助は大声を上げた。手に力が入る。

〈そう。〝どうやら、あなたに恋人ができたようだ〟って言うから、〝なんで？〟って聞いたら、SNSのことを教えてくれて〉

亀助は目を瞑った。だから、急に冷たくなったのだろう。

それにしても、ひどい仕打ちだ。

「姉さん、ありがとう。天音さんには自分で伝えるよ」

〈あ、そうね……。あ、うーん。いまは、ちょっと微妙かな〉

それこそ、微妙な返事だが、いったい、なにがあるのか。

「ん、微妙？　なんか、あったの？」

〈いや、なんでもない……〉

亀助は電話を切って、モヤモヤした感情を必死に堪えた。

4

「それにしても、懐かしいな。幼稚舎の給食は美味しかったよね」

亀助と三浦は平日の朝から、東京の老舗ホテル御三家の一角、永田町にある〝ホテルニューオータニ〟を訪れていた。レストラン《SATSUKI》で、〝最強の朝食〟を楽しみつつ、思い出話に花を咲かせていたのだ。

三浦が正式にワンプに内定したと聞いて、お祝いを兼ねて食事に誘ったが、なかなか予定が合わず、朝食を一緒に食べることになったのだ。

亀助はお皿いっぱいに盛り付けたサラダを頬張っていた。ニューオータニ専用の畑で穫れた完全無農薬野菜を使っている。

「ホント、俺たち、小学生の頃からいいもの食べ過ぎだったよな。あれのせいでさ、グルメに対する期待値が上がってしまった気がするよ」

三浦がそう言って白い歯を見せた。亀助は「ホント、それ」と何度も頷いた。

慶應義塾幼稚舎の給食は、ここ〝ニューオータニ〟が監修した料理が採用されている。カフェテリア形式で、好きなものだけをとっていく。給食当番なんてない。いま思えば、毎日贅沢なランチ生活を送っていたものだ。

二人とも新たな料理を取りに行くため席を立つ。亀助は〝ピエール・エルメ・パリ〟のクロワッサンを横目で流しつつ、ヨーグルトを手に取った。

「僕なんかさ、今でもたまに三田キャンパスの学食に行くんだよ」

「ああ、もちろん見ているから知っているよ」と、三浦が笑い出した。慶應義塾大学三田キャンパスのレビューはかなり前のものだったが、三浦は本当に亀助のレビューを日々チェックしてくれているようだ。

「嬉しいな。ところで、なんでワンプを選んでくれたのかな？　エンジニアだったら引く手数多《あまた》でしょ。すごくありがたいことだけど」

「グルメのニーズは高いからさ、市場規模も当然でかいよね。〝ぐるなび〟が誕生したのは確か九六年かな。リクルートの〝ホットペッパー〟が創刊したのも二〇〇一年くらいで、〝食べログ〟も二〇〇五年にスタートして、どんどん伸びた。そんな群雄割拠のグルメサイト業界に参入して、着実に伸びているワンプってすごいなって」

島田が言った通り、相当業界を研究しているようだ。

「いやあ、弱小サイトで課題だらけだし、まだまだだよ……」

「なんか、問題でも抱えているの？」

旧知の仲だけに亀助はうっかり、最近の悩みを伝えそうになったが踏みとどまった。せっかく入社を決意してくれたのに不安にさせるのは良くないだろう。

「大手と真っ向勝負しても勝てないし、僕たちは独自のポジションを築いていくしかないよね。三浦くんもグルメサイトを立ち上げようとしたみたいだけど、どんなコンセプトのサイトだったの？」

三浦が眼鏡のフレームをクイッとやって「それはさ」と語り始めた。自信に満ちた話しぶりだ。

「最低価格保証の宴会コース予約サイトなんだよ。やっぱり、多くのユーザーが一番コスパのいいコースを予約したいだろ。選択肢なんか一つでいい。店側も一定の売り上げが見込める宴会コースが入るなら、空いている日を埋めておきたい。両者のニーズを満たして、そのマッチングを図りたかったんだ。でも、店の信頼を勝ち得るにはユーザー数を囲い込めるだけのサイトのブランド力が必要だし、店側を説得するには首都圏に限っても膨大な店舗をカバーできる営業力が必要でさ」

亀助は「なるほどね」と何度も頭を揺らした。

コンセプトも狙いも、わからなくはない。ただ、店側は一番安いプランにしなければならないわけだから、マイナスな面もあっただろう。安さだけを意識するユーザーはドタキャンする可能性が高いと容易に予測できる。予約サイトである以上、セキュリティも重要だし、ブランド力のないサイトへの懸念もあるはずだ。

「ブランド力って落とすのは簡単だけど、築くのは本当に難しいよね。競合サイトが強くてめげそうになるけど、一緒に頑張ろうね」

三浦が腕を組んで「もちろんさ」と頷く。

「そういえばさ、昔、よく広尾や恵比寿を歩きながら、いつか大人になったら高級フレンチとか料亭に行こうって話しただろ。亀助くん、覚えている?」

亀助は「言っていたかも……」と、笑い出した。二人で大笑いする。


三浦と別れた亀助は、弁護士の河口の事務所を訪れていた。

「見てくださいよ。この偽亀助のアカウント」

河口が、差し出したiPhoneの画面に見入っている。スクロールを続けながら、ところどころで手が止まる。河口が目を凝らす。

「おお、君がよく行くレストランだけでなく、港区在住で、お気に入りの高級腕時計に、ハイブリッドバイクまで。これは俺が見ても騙されちゃうな」

河口はスクロールを続けながら、相変わらず人ごとのように話している。

「なかなか手が込んでいるね。本当は亀助くんなんじゃないの?」

「茶化さないでくださいよ。僕がこんなことするわけないじゃないですか」

「ごめん、ごめん」

河口は事件に慣れているということもあるのだろう。いつもの調子だ。

「まったく。人ごとだと思って……」

「なにを言っているんだよ。こんなに心配をしているのに」

「この掲示板も見てくださいよ。何人かが、僕のことをバカにしながら、真似をしようってやりとりをしているんですよ。誹謗《ひぼう》中傷ですよ。警察に相談して、この人たちを特定することはできないでしょうか」

河口がじっとやりとりを見ている。

「うーん。このやりとりだけじゃあ、誹謗中傷とは言えないだろうな」

亀助は深いため息をついた。

「ネットの書き込みに関する犯罪の検挙は本当に難しいんだよ。殺害予告とか、爆破予告があって、やっと業務妨害が問えるんだよ。明らかな誹謗中傷を見つけたとしても、手続きはなかなか複雑なんだ。まずは、このサイトの運営者にＩＰアドレスを聞いて特定して、プロバイダに個人情報の公開を依頼できるんだけど、一人一人やっていくとキリがないしさ……」

亀助は頷いた。

「〝こいつ、調子に乗っているからイタズラしようぜ〟だけでは、特定してたどり着けたとしても、〝ちょっと書いてみただけです〟なんて言われたらそれまでだからね」

「そうですか……。大した犯罪ではないってことなんですね」

この証拠だけでは、なす術がないのだろうか。

「まず無銭飲食ってさ、窃盗罪だと思われがちなんだけど、実は詐欺罪なんだよね」

「え、そうなんですか」

亀助は意外な事実を知って、さすが弁護士だなと納得した。

河口が頷く。

「そう。で、詐欺罪は、刑法二四六条で定められているんだけど、十年以下の懲役だね。初犯の場合は、執行猶予が付くケースが多いけど、そんなに軽い罪じゃないよ」

亀助は、いくらか勇気付けられる思いがした。

「ちなみに、僕は名誉を傷つけられた気がしていますが、名誉毀損は成立しませんか。だって、これを見たせいで、天音さんは僕への信頼を失くしたんですよ。ひどくないですか」

「ああ、名誉毀損は〝公然〟と言えるかどうかがポイントになるんだ。〝公然〟というのは不特定多数、または多数のものが認識し得る状態ね」

「そ、それは、言えない気がします……」

SNSについては、亀助かもしれないと匂わせているだけなのだ。

「君の名刺を勝手に作って名前を騙っているからさ、相当悪質な気はするけどね。ただ、SNSのアカウントは難しいだろうね。君かどうか、ぼかしているからさ」

「ですよね……。ネットの書き込みはもっと難しいですよね？」

河口がすぐに頷いた。

「あと、最近よく問題になる肖像権に関しては、個人が特定できることが条件だから、このSNSだけでは、まったくかすりもしないね。いやあ、残念だけどさ」

亀助は拳を握りしめた。


カフェで記事を執筆していたところ、島田から着信があった。

「もしもし、北大路です」

〈お前さ、《俺とお前の乙な酒肴》って、日本酒居酒屋のチェーン店を知っているべ。最近、仕事をしたか？〉

《俺とお前の乙な酒肴》は、通称、〝オレオマ〟と呼ばれ、名前が特徴的だったので、印象に残っている。〝獺祭《だっさい》〟など人気の日本酒が飲み放題コースに含まれていることもあり、都内を中心に流行り始めているようだ。確か、新橋に本店があり、日本橋、新宿、有楽町など、サラリーマンが多いオフィス街を中心に何店舗か出しているはずだ。

〝乙な酒肴〟というだけあって、日本酒の豊富なラインナップとそれにあう料理が評判だという。

「いいえ、まだ、行ったことないんですけど、最近、流行っているみたいですね。仕事はしたことはありません」

もしかしたら、仕事のオファーがあったのだろうか。

〈やっぱりそうだべ……〉

いったい、どういう意味なのだろうか。

「あの、島田さん、どうかしましたか」

〈いや、先方の広報担当者から連絡があって、少し気になることを言っているんだわ〉

嫌な予感がした。

「え、気になるって、どんなことを？」

〈お前が、お店のＰＲ記事を書きたいって、新橋本店を取材しにいったらしいんだけど、いつになっても記事にならないって言ってるんだわ〉

また、怒りが込み上げるのを必死に堪える。

「それは、いつ連絡があったのでしょうか？」

〈ついさっきだ。折り返し連絡を入れると伝えてある。それから、最近、お前の偽者が悪事を働いているらしいから、その可能性がある旨も伝えておいたわ〉

やや嫌味のようにも聞こえたが、亀助は最近身の回りで起きている出来事を島田に報告していた。テレビ出演のこともある。

「ありがとうございます。すみません、この後すぐに連絡を入れますから。担当者の名前と連絡先を教えてもらえますか」

亀助はノートにメモをした。

〈頼むぞ。俺は信じているけどさ。悪意のあるフェイクニュースが、ネットで簡単に拡散する時代だから早いところ解決してくれや。お前は知名度があって、うちの看板みたいな存在なんだからさ〉

「ええ、わかっています。早く犯人を見つけ出しますので」

苛立ちながら、電話を切った。すぐに《俺とお前の乙な酒肴》に電話をかける。

「はじめまして。私は、株式会社ワンプレートの北大路と申します。広報担当の兵藤《ひょうどう》様はいらっしゃいますか」

最初に電話に出た時と、明らかに声のトーンが下がった。

〈ああ、あなたですか。私が兵藤です〉

「はじめまして。さきほど、弊社にご連絡をいただいたと島田から聞きました」

亀助は、二回目の「はじめまして」を強調し、事情を説明する。

〈ということは、あなたではない何者かが、うちに来て飲み食いしていったということですか〉

「はい、どうやら、そのようです。お店に対しては詐欺が成立すると思います」

〈それが事実なのであれば、そうですよね〉

「お忙しい中、申し訳ないのですが、これからお邪魔してもいいですか。あまりお時間は取らせませんが、いろいろお話を伺っておきたくて……」

〈ええ、今日でしたら、事務所にいますので〉

「ありがとうございます。大変助かります」

亀助は、ヘルメットをかぶった。ハイブリッドバイクの〝グラフィット〟を電動バイクモードに変更する。新橋に向けて発車した。風を切る。

怒りで煮えたぎっていた頭が少しクールダウンしていく。


店の近くに〝グラフィット〟を停めて、営業前のお店のドアを開けた。すぐに、兵藤らしき男が頭を下げて近づいてきた。

「あらためまして、北大路亀助といいます」

名刺を差し出す。兵藤も名刺を差し出してきた。《宣伝部　部長》とある。

「いやあ、見た目は全然、違いますね」

兵藤がそう言って笑い出した。

「そうですか。多少は似ているのかと思いましたが……」

他のスタッフも苦笑している。

「当日に、訪れたのは何人ですか？」

「三人でしたね。男性二人と、女性一人です」

大宮の《肉割烹 瀧口》とも、《中田屋》とも同じメンバー構成だ。

「それぞれ、どんな雰囲気でしたか。詳しく教えてもらえませんか」

「北大路亀助と名乗って、名刺を出してきたのは三十歳くらい。ジーンズにジャケットを着ていましたね。眼鏡はなし。もう一人の男性は四十代くらいで、社長の島田って言ったかな。こちらは眼鏡あり」

なるほど、亀助だけではなく、島田の偽者もいたとは……。

偽亀助の名刺を見せてもらった。「おや」と、亀助は声を上げた。大宮の《肉割烹 瀧口》で渡した名刺とは違う。ワンプの正式な住所から電話番号、ロゴまで完全にコピーした名刺だ。

「あと、女性の方は社長室の秘書って言っていたかな」

「なるほど。うるさかったとか、食べ方が汚かったとか、彼らのことで、ほかに覚えていることはありますか」

「たくさん料理を頼んで、日本酒もたくさん飲んでいたけど、高単価のものばかり狙っていたんでまいったよ。まあ、残さずに綺麗には食べていったね」

亀助は、やり場のない怒りを押し殺して聞いていた。犯行グループは随分と日本酒が好きなようだ。

「そうですか。ありがとうございました」

近くのカフェに入ってＭａｃＢｏｏｋを立ち上げ、状況を整理してみる。

亀助は偽者が現れた店の聞き込みを通して、《中田屋》の犯人と、偽亀助を演じている犯人が同一グループではないかと睨んでいた。四十代の男が一人と、三十前後の男性が一人と、女性が一人だ。いったい何者なのか。

目を瞑って思案していると、着信があった。すぐに応じる。

〈もしもし、亀助さん。ちょっと、申し訳ないご報告があるのですが……〉

番組への出演のオファーをしてきたテレビ局のプロデューサー村上だ。

「ええ、なんでしょうか。撮影の件ですか」

ピンとくるものがあったのだ。

〈はい、実は番組の内容が変更になりまして……〉

「ああ、そういうことでしたら、仕方ありません」

〈せっかくスケジュールを空けてもらったのに、本当に申し訳ありません〉

「いいえ、いいんですよ。そんなことは」

〈いや、この埋め合わせはいつか……〉

「村上さん、こんなこと、電話で聞くのもなんですが……」

〈は、はい……〉

「もしかして、番組内容が変更になった理由って僕の悪い噂が原因じゃありませんか」

村上から、「えっ」という声が漏れた。亀助は明らかに、電話の向こうから動揺を感じ取った。

〈いえ、いいえ。そんな、ことはありません。グルメライターではなくて、料理人にフォーカスした方が、数字はいくんじゃないかということになりまして〉

「そうですか。だったら、いいのですが……。実は最近、僕のなりすましが、悪事を働いているようでして、いい迷惑をしているんです」

〈へえ、なりすましですか……〉

「はい、僕の名前を使って、〝店を紹介するから、タダにしろ〟って言っている人物がいるらしいんです。もし、よからぬ情報をキャッチしたら教えてください」

〈はい、わかりました。すぐにご連絡しますね〉

電話を切った亀助は、出演キャンセルの理由を確信していた。村上は偽者の噂を聞いたのだろう。ネットの情報か、あるいは……。

まさか。村上と親しい長内からのタレコミではないだろうか。だとしたら、理由はなんだ……。せっかくのパスを受けた亀助の気乗りしない失礼な態度が、長内の気分を害したとか……。いや、それは合理性がない。長内は率直にフィードバックをくれる懐の深い大人だ。なんで長内を疑う必要があるのか。

不意に長内の言葉が脳裏に浮かんだ。「ワンプに入れてよ」と会う度に言ってくる。冗談だと思って軽く流していたが、それがいけなかったのか。

それに、なぜ、あれだけ《中田屋》に行きたいと言っていた長内が《中田屋》での番組収録の誘いを断ったのかも気になりだした。


どうすれば犯人たちにたどり着けるのか。相談にのって欲しくて、河口に電話したところ、「飲みにいこう」と言われた。

「もしさ、犯人が、店主と僕が親しい店に行ってくれたら、すぐに嘘がバレるのに、それをしないってことは、それなりに知恵は働くんでしょうね……」

「でも、SNSを見ると、いろんな店に行っているでしょ。そこは、すごく大胆だよね」

河口に言われたが亀助は首肯せず、腕を組んで唸った。

「相手は当然、僕のブログを見て動くのでしょう。ただ、見た感じ、ネットに落ちている画像をパクっているだけみたいなんですよ」

「なるほどね。君はほぼ毎日ブログを更新しているから、行動がある程度、読めるもんね。別に後追いで、そこの画像を検索して引っ張ればいいだけか」

亀助は頷いた。

「僕の行きつけの店で無銭飲食はしないでしょうから、次に犯人が行くのは新しい店舗でしょうね。どうにか、犯人の先回りをすることはできないでしょうか」

亀助は、兵藤から受け取った名刺を睨みつけた。ＣＣＯと入った新しい名刺だ。実際に亀助たちが使っているのと紙質は異なるが、業者で印刷されたもののようだ。

「どうしたの？」

河口が聞いてきた。

「自宅のプリンターでは、このクオリティの名刺は印刷できないはずです。都内の印刷会社に片っ端から、当たってみますよ。なにか手がかりが掴めるかもしれません」

河口が「あ、そうだ！」と、声を上げた。

「どうしましたか？」

「いや、残念ながら名刺を作っただけで罪に問うことは難しい。偽造した名刺を使用して、自分の利益を図った場合に初めて罪になるんだ」

亀助としては納得がいかないものの、そうなる事情はわからなくもない。

「例えばさ、資格がないのに、弁護士や医師と名乗った場合は、経歴詐称にあたる。でも、今回のケースでは、ライターだから資格ではない」

「まあ、確かに……」

すると、河口が名刺のロゴを指さした。

「ただ、この名刺には、ワンプのロゴが印刷されているだろ」

「はい、それがもしかして、問題なんですか？」

「ああ、実在の企業ロゴなどを勝手に名刺に印刷した場合は、私印偽造罪にあたる」

「なるほど……」

「あとさ、亀助くん。こんなこと、君と接点のない人がすると思うかい？」

亀助もずっとそのことを考えていた。

「いいえ、きっと、僕を前から知っている、恨みを持っている人間なんでしょうね。しかも、最近ワンプの名刺を手にすることができた人物……。自意識過剰かもしれませんが、動機は僕への嫉妬なんじゃないかって思い始めています」

「君は悪意がない坊ちゃんだからな。嫉妬される時は余計に根深いものになりやすいと思うよ。そして、男の嫉妬もなかなか面倒だからね」

河口に投げかけられて、亀助は大きく頷いた。

翌日、都内の印刷会社に片っ端から電話をかけていったが、手がかりは得られなかった。しかし、別のアプローチで、ついに相手は罠にかかった。

## 5

亀助は、関係各所と知り合いの刑事に電話を入れてから、東新宿にオープンした高級フレンチに足早に向かう。

犯行グループが次にアプローチしそうな店舗にワンプの営業部隊が連絡を入れて、偽者の来店がある可能性を伝えた。そうやって先回りをして、網をはりめぐらせておいたのだ。

すると狙い通り、それらしきグループが入店したと連絡があったのだ。

店に入ってスタッフに頭を下げると、奥まった席に居座る彼らの元に真っ直ぐ近づいていった。すると女性が最初に気づいて、仲間に合図すると全員の視線が亀助に集まった。

亀助はわざとらしくため息をついて、彼らの席に腰を下ろした。

「やっと、見つけましたよ。僕になりすまして、無銭飲食やらいろいろ派手に楽しんでくれたみたいですね」

三人は腰を浮かせ、逃げようとするそぶりを見せる。

「逃げられるわけがないでしょう。お店は最初から、みなさんが偽者だってわかっていますから。だから、入り口から遠いこの席にしてもらった」

視線を向けると、中年男性が一人と、眼鏡をかけた三十前後に見える男性が一人。女性は、やや派手で二十代だろうか。亀助に冷たい視線を送ってきている。

「みなさんは、僕に恨みでもあるのでしょうか。まさか、実家の《中田屋》にまで遊びに来てくれたなんて、すごい執着心ですよね。そこだけは僕になりすますのは無理だからって、慶應の教授になりすましたのかな。お見事じゃないですか」

教授になりすましたと思われる中年の男性が亀助に視線を投げてきたので目が合った。

「世間知らずのお坊ちゃんには、このゲームの楽しさはわからないだろうな」

棘のある声が響いて、亀助はその男をピンポイントで睨みつけた。

「まさか、君が犯人だったとはね。せっかく、一緒にワンプを盛り上げてくれると思っていたのに」

三浦がふてくされた様子で視線を逸らした。

「あ、そう。期待させて、悪かったね」

とても反省しているようには見えない。

「なんでだろう。僕が小学生の頃に恨みを買うようなことでもしたかな」

「いや、そういうんじゃない。なんかさ、君のブログを見ていたら、イラっときたんだよね。自分は味の違いがわかる特別な存在なんだぞって、ボンボンなのを自慢しているみたいでさ」

三浦が強い口調で話し始めて亀助はムッときたが、反論できずにいた。

「俺も昔は君と一緒だった。毎日、君と一緒にニューオータニの給食を食べて育ったよ。

エスカレーター式で大学まで行って、いい会社に入って出世して、子供を幼稚舎に行かせるはずだった。でも、途中で脱線して、何もかも狂ってしまったんだ。親が事業に失敗して、片田舎の公立の学校に転校せざるを得なくなった」

亀助は「それは気の毒に思うよ」と目を伏せた。

「いや、君にはわからないよ。公立の給食はくそまずいのに、その給食費すら払えなかったんだぜ。笑えるだろ。最初は現実を受け入れるのが辛かったけど、奨学金を貰って大学を卒業して、エンジニアになって人生を軌道修正したつもりだった。ネットの世界にはチャンスが広がっているからね。でも、俺と君の狙いは一緒だったはずなのに、俺たちのグルメサイトは成功しなくて、君たちは成功した。何が違うと思う？」

亀助は同情が薄れて、また怒りが込み上げるのを感じていた。

「結局さ、ブランド力だろ。君たちは立ち上げの時もそうだし、今だって慶應ブランドや人脈をフルに使って運営している」

亀助は首を振った。

「いや、そんなことないよ。最初は確かに大学のグルメサークルの延長って感じだったかもしれないけど……。学歴なんて、ユーザーやクライアントにとってはどうでもいいことだ。君はせっかく努力して、大切なスキルを手に入れたはずなのに、なんで前を向いて生かさないのかな」

三浦が目を尖らせる。

「どの口が言うかな。ワンプの経営陣はほとんど慶應卒で、プロフィールにしっかり書き込んでいるじゃないか。君たちは他人を見るときにフィルターをかけているのに気づいてないだけだろ。君は昔からそうだった。いつも一緒にランチしていたのに、俺が転校したらなんの音沙汰もなくなったよね。下校途中に広尾や恵比寿の街を歩いて、〝いつか大人になったら高級フレンチとか料亭に行こう〟って約束したのに君はすっかり忘れていた……。君はブランドで人を評価するんだって、あらためて失望したよ」

亀助は「そんな子供の約束を真に受けるなよ」と心の中で毒づいていた。だが、一連の犯行については慶應からの離脱が尾を引いているようだ。偏見も強くて、三浦には良いサイトを作って成功させるのは難しいだろうなと腑に落ちるものがある。

「君はサイトを作るのに向いてないようだし、何か根本的な勘違いをしているようだね。そもそも、僕のことがそんなに嫌いなら、なんでうちの会社に応募してきたの？」

三浦が亀助を睨みつけてきた。右手が震えている。

「君と一緒だよ。君だって、グルメ探偵を演じているだけで、素の自分じゃないだろ。俺が少しくらい君を演じたっていいじゃないか」

三浦の目が据わっている。

「それは違う。僕はユーザーに対して、嘘はつかない。クライアントに対してももちろんだ。クライアントもユーザーも欺こうとする君らと一緒にしないでくれよ」

三浦の視線が鋭いものになり、殺気立った。

「こんなペテン師でへまをやるような間抜けを採用するなんて、僕たちは見る目がなかったね」

「俺が、いつ、へマをしただって？」

三浦は首を傾げた。

「え、まだ、気づいていないのかい？」

亀助が聞き返す。挑発のつもりだった。

「名刺だよ。本物を手に入れた君はリアリティを追い求めた結果、墓穴を掘った。CCOの役職さ、作ったばっかりだったんだよ。僕のことをストーカーのように追いかけていた君でも知らなかったみたいだね」

三浦が苦虫を嚙み潰したような表情を浮かべた。

「へえ、さすが、グルメ探偵と言ってやりたいところだけど、俺たちは君が何を言ってるのかさっぱりわからない。今日だって、ちゃんと支払いをするつもりでいるんだけど、何か問題があるのかな？」

三浦が財布を取り出してテーブルの上に置いた。亀助はすかさず、監視カメラの画像を拡大したプリントをテーブルに置いた。

「いや、君はまず大宮にある《肉割烹 瀧口》で詐欺を働いただろ。そこで僕の名前が書かれた名刺を渡している。そして、次に《俺とお前の乙な酒肴》に行って、そこでも名刺を渡した。ただ、そこではワンプの住所、電話番号、ロゴまでもが完全にコピーされていた。丁寧に僕の肩書きまで付けてね」

三浦は黙って亀助を見つめている。

「君の履歴書の写真と、この監視カメラの画像をもとにレストランに確認して、君たちが無銭飲食したという証言は揃っている。君らがやった行為は詐欺罪にあたる」

亀助は偽造名刺をポケットから取り出して三人が座るテーブルに綺麗に並べた。

「あとさ、偽物の名刺を作っただけでは罪に問えないらしいけど、会社のロゴ付きの名刺を作ることは私印偽造罪という犯罪なんだって」

中年男性と女性が「信じられない」という様子で三浦に目をやった。

「あと、君の名前で検索したら興味深いデータが出てきたよ。パーティー予約サイト〝パーナビ〟のこともね。もし、ああいうサイトを作ったら、どういうクライアントにアプローチするかは予測がつく。僕も業界では多少顔が聞くからさ、伝手をたどってみたら君たちが営業した痕跡が見つかったよ」

亀助は三人の名刺をポケットから取り出して、テーブルに並べていく。

「君たちは〝パーナビ〟を作っていたチームの創業メンバーなんだね。失礼だけど、

〝パーナビ〟というネーミングからしていまいちだと思うよ。最低価格保証のコース予約サイトで、食べログやぐるなび、ホットペッパーに勝てると思ったのかな」

　さきほどまで、三浦は目を剝いて亀助を睨みつけていたが、気味の悪い半笑いになっている。他の二人は目を伏せた。

　物音が聞こえたので後ろに目をやると、山尾と桜川が迫ってきた。着物を纏った《中田屋》の大女将きくよもいる。ものものしい雰囲気に一変したので、店員を含めて、店内にいる人の視線が集まった。

　きくよと目があって、亀助は頭を下げた。

「間に合った」

　亀助はホッと胸をなで下ろした。援軍の到着まで場を引き延ばしたかったのだ。

「この人たちに、間違いありませんよ。うちの店に来て、〝大学の研究室に請求書を出して欲しい〟といったのはこの男性です。一緒にいたのはこの二人です」

　きくよが順番に指をさしていうと、三浦が舌打ちをした。

「ゲームオーバー」

　この期に及んで、両手を広げながら三浦がニヤつきながら答えた。

「え、こんな小さなイタズラで、逮捕とかあるの？　首謀者は三浦で、私たち二人は巻き込まれただけなんだけど……」

女性が納得いかない様子で顔を歪めた。

「小さな犯罪じゃない。立派な詐欺罪だぞ。高級店ばかり、一体いくら無銭飲食したと思っているんだ」

山尾が三人を睨みつける。

「まあ、言い逃れをしないだけ、ましか。早く立ちなさい」

桜川が言うと、少し間を置いてから全員が立ち上がった。抵抗することもなく、山尾と桜川について店を出ていく。

亀助は深い息を吐き出した。

芸能人のなりすましのSNSは聞いたことがあったが、一般人のグルメライターになりすましが現れるなんて。ネットの恐ろしさを知るには十分すぎるほどの事件だった。

亀助は接点があるいろんな人を怪しんだが、あらぬ疑いをかけてしまった長内は最近、健康診断の結果があまり良くなかったため、お酒を控えていたことを知った。

亀助はやや緊張しながら、東京ミッドタウン日比谷のレストランフロアに足を踏み入れた。ジム通いの効果が現れて、かつてはいていた細身のパンツはウエストが問題なく入るようになった。心も体も軽くなった気がする。

人気のモダンイタリアン《ＳＡＬＯＮＥ　ＴＯＫＹＯ》のドアを開けた。

　案内されて席についても、亀助は妙にそわそわしていた。目の前の美しいお皿の上には、目を引く縦長の白い大きな封筒があって、開けてみると、本日のコース料理とワインの紹介が記された便箋が入っている。

　全十一皿のメニューで、コースのタイトルは〝デグスタツィオーネ〟だ。直訳すると、「味見」や「試食」を意味し、意訳すると、「シェフのオススメ料理を少量ずつお試しいただく」、というニュアンスで合っているはずだ。

　茹でタコ、赤海老のアニョロッティ、鮪《まぐろ》ブレザオラ ピスタチオのブリュレ、ズッパ ディ ペッシエ、ビゴール豚カツ、カッペレット イン ブロード、アーティチョークのスフォルマート、タリオリーニ 乳飲み仔羊のストゥファート トレヴィス、短角牛のアッロースト 鰯の赤ワインソース、サンブーカ レモンソルベ、そして、白いティラミスと、とても凝った料理が並んでいる。

　さらには、ここのグループ会社が山形県南陽市でワイナリーをやっていて、そこの風土を生かして作られたぶどう一〇〇%によるナチュラルワインがあるそうだ。

　そうしてメニューを見ていると、天音がやってきた。

「亀助さん、お待たせしました」

　天音はベージュのワンピースを着ていた。髪型は以前よりかなり短くなっていて、ボブスタイルだ。

「いいえ、僕も来たばっかりです。今日はお忙しい中、時間を作ってくれてありがとうございます」

「こちらこそ、ありがとうございます。とってもオシャレなお店ですね」

亀助が「僕も初めてなんですが、素敵なお店ですよね」と言うと、おしぼりを持ってきたスタッフが笑顔で「ありがとうございます」と満面の笑みを浮かべた。

すぐにドリンクメニューを開いて差し出した。

「僕は、せっかくなので、こちらのレストランの提携ワイナリーで作っている微発泡のワインにしようと思いますが」

天音が、「じゃあ、わたしも」と言ったので、スタッフにそう告げると、「ありがとうございます。嬉しいですね」と答えた。

「亀助さん、随分とお忙しかったようですが、お元気でしたか？」

亀助は、姿勢を正して深々と頭を下げた。

「すみません、随分と時間が経ってしまいましたが、大切な約束をキャンセルしてしまいまして……。本当に失礼しました」

顔を上げると、天音は口元に手を当てて笑っていた。

「いいえ、そんなこと、お気になさらずに。やっぱり、真面目な方ですね」

亀助は、「やっぱり」に、誤解を招いていたことを感じ取った。

「こちら、グレープリパブリックの〝アロマティコ　フリッツァンテ〟でございます」

スタッフが、鶴や松の純和風イラストラベルが特徴的なボトルを見せて、グラスに注いでくれた。グラスを口元に近づける。泡は少なめで、色はレモンイエローだ。ナイアガラ、レモン、グレープフルーツ、リンゴなどのフレッシュで爽やかな香りがする。

「じゃあ、久しぶりの再会に乾杯」

グラスを掲げてから、一口含んだ。酸化防止剤などを一切使っていないこともあり、デラウェアの甘み、ナイアガラの個性がダイレクトに感じられる。二種のぶどうが、活き活きと絡み合い、深い膨らみを作り出している。

ほどなく、一皿目の〝茹でタコ〟がやってきた。思わず二人で、「わあ」と感嘆の声が出てしまった。ゴールドのゴージャスな皿の上に、ガラスの小鉢が載っている。そこに白い泡がこんもりと盛られていて、主役のタコが一切見えないのだ。スプーンで掬うとやっと、中から茹でタコの足が顔を出した。口に含むと、泡に貝類のエキスを感じる。かかっているオイルには酸味があり、おそらくオレンジだろうか。手が込んでいる。

「なんか、崩すのがもったいないお料理ですね」

天音も料理をスマホで写真に収めているので、亀助はホッとした。男だけが必死に撮影する姿は少しかっこ悪いと感じてしまうからだ。

五皿目、〝ビゴール豚カツ〟が運ばれて、赤ワインの〝ロッソ〟に切り替えた。ビゴール豚はフランス南西部のピレネー山麓など、ごく一部の地域で作られている稀少な黒豚だ。七〇年代に一度絶滅しかけたが、復興運動によって、同じく稀少性の高いバスク豚を元に復元された。赤身の比率が低く、脂がのっているのが特徴だ。ハーブのセージが載ったビゴール豚のカツには、脂と相性のよいライム果汁がかかっている。

「とっても繊細な味ですね。十一皿も食べきれるか心配になりましたが、最後まで余裕で食べられちゃいそうです」

天音が頬を緩めた。

赤ワインのロッソを口に含む。スチューベンがメインで、カベルネ・ソーヴィニヨン、メルロー、サンジョベーゼ、ロザリオ・ビアンコなどがブレンドされているそうだ。数種類のぶどうが混じり合うだけに複雑な味わいだ。果実味はスパイシーというよりはフルーティーで、軽めな味わいだ。

パスタの〝タリオリーニ〟は、乳飲み仔羊のストゥファート（煮込み）に、リコッタサラータチーズをトッピングした状態で出てきたが、こちらもロッソとの相性がいい。

〝短角牛のアッロースト〟が来る前にロッソをお代わりした。

「あの、姉から聞きました。僕の偽アカウントを見つけてくださったそうで……」

口直しの〝レモンソルベ〟が出てきたところで、亀助は切り出した。

「ええ、わたし、すっかり騙されてしまいました」

天音が白い歯を見せる。亀助はその姿に見とれていた。

「でも、ぜんぶ自分の力で解決したって、鶴乃さんから聞きましたよ。さすが、亀助さんですね」

「いいえ、今回もたまたまなんですが……。それより、せっかくの約束をキャンセルしてしまったり、偽者のせいで誤解を招いてしまったり、いろいろありましたが、自分の言葉でちゃんと伝えたいことがあるんです」

天音が困惑した表情を浮かべた気がした。するとその微妙なタイミングで、パティシエがやってきてしまった。

ドルチェは、ここの名物でもある作りたての〝白いティラミス〟だ。白いボウルの中に、イチゴのジャム、イチゴバジル、コーヒークランブル、ブルーチーズジェラート、コーヒージェラート、カンパリゼリーが入っている。そこに、パティシィエが目の前でマスカルポーネクリームをたっぷりかけて、仕上げをしてくれる憎い演出だった。混ぜ合わせて口に運ぶ。

「こんな、ティラミス、初めて食べました。すごく濃厚で美味しいです」

亀助もなんども頷いていた。

「僕も初めてです。嬉しい演出ですよね」

最後に二人揃ってオーダーしていたコーヒーが出てきた。

「ちょっとお伝えしづらいのですが、私も会ってお話ししたいことがあったんです」

あれ、なんだろう。お伝えしづらいって……。さっきから、天音の様子が以前と違うことが気になっていた。亀助がイメージしていた仲直りのシナリオと違う。

「何かありましたか？」

嫌な予感が膨らんだ。

「亀助さん、実は、わたし、結婚するんです」

亀助は、「え」と声が漏れた後、二の句が継げられずにいた。

「え、なんと……。え、そうでしたか……。あ、あ、お、おめでとうございます」

天音が頭を下げてくる。

「ありがとうございます。電話でお伝えするのもどうかと思いまして……。なんだか、どこまで想ってもらっているかもわからなかったもので……。突然、こんなことを言ってしまって、すみません」

亀助は唇を噛み締めていた。

「あ、いえ、それは、もちろん、僕が悪いので……。あ、じゃあ、ここはお祝いとして僕に払わせてください」

「いえ、それは絶対にダメです。わたしも、ちゃんと払います」

天音が少し強い口調になったので、隣の席にいた中年のカップルがこっちを見てきた。

「そんなことしたら、一生、姉から呪われますよ。勘弁してください」

亀助はつい、小声になっていた。

「いいえ、ここは絶対に譲れません」

その後も亀助は粘ったが、天音も譲らなかった。

結局、お会計は折半して、亀助は日比谷の街を後にした。

# エピローグ

亀助は、姉の鶴乃と一緒に大女将のきくよと《中田屋》の座敷にいた。二人の祖母であるきくよがいよいよ、完全に引退する。

引退後は世界一周の船旅に行くことになっている。

「おばあちゃん、もう、引き継ぎは終わったみたいだね」

鶴乃が声をかけると、きくよが感慨深げに頷いた。

「うん、そうだね。こんな詐欺に引っかかるような老いぼれ女将は早いとこ引退した方がよかったんだよ」

「その着物姿もあんまり見られなくなっちゃうのかな」

鶴乃が寂しそうにつぶやいた。

「たまには着物を着たいけど、しばらくはラフな格好にしようかね」

亀助にとっても、着物姿のきくよしか記憶にない。子供の頃からの様々な思い出が蘇ってくる。不意に鶴乃が亀助に視線を投げてきた。

「あんた、テレビ出演はなくなったらしいけど、本当はテレビに出たかったんでしょ？」

亀助はのけぞった。体勢を整えて首を振る。

「いやあ、僕は最初からそれほど乗り気じゃなかったよ」

お茶に手を伸ばす。二人の冷たい視線を感じて、鶴乃に目をやった。

「本当に？　聞くところによると、珍しくブランドの服も買ってさ、髪を切りに行って準備をしていたらしいじゃない。おまけにダイエットしちゃってさ」

鶴乃に言われて、亀助は苦笑いするしかなかった。恥ずかしいが、事実ではある。

「それさ、誰が言っていたの？」

言ってすぐに、河口しかいないなと察した。

「あんた、探偵業が繁盛しているのは結構なことだけどさ。いったい、なにになりたいのさ？」

鶴乃に続いて、今度はきくよに冷やかされた。

「いやあ、探偵業なんてしてないよ。ただ、僕だって世のため、人のために、ちょっとくらい役に立ちたいって思っているだけだよ」

鶴乃が右手を口に当てて、笑っている。

「じいちゃんの口癖が、あんたの格言だからね」

亀助は、「それね」と、大きく頷いた。

最高の美食を楽しみたかったら、最高の人助けをしてからだ――。

フグ毒で命を落とした祖父・中田平吉の口癖だった。

「それはそうと、結婚はする気があるのかい？」

きくよに直球を投げつけられた。

「もう、僕のことはいいから、海外旅行を楽しんできてくれよ」

「そうよ。おばあちゃん、心配が消えないのはわかるけど、一旦忘れてあげて。あ、それでね、これは、わたしたちからのプレゼントね」

鶴乃が白いビニールバッグに入ったプレゼントを差し出した。

「あら、まあ。なんだい？　こりゃあ」

きくよがゆっくりと中身を取り出した。〝ｉＰａｄ　ｍｉｎｉ〟が姿を現した。

「おばあちゃんが使っているスマホの操作と基本的には一緒だからさ、すぐに慣れると思う。これなら、何冊でも本をダウンロードして持ち運べるからね。暇になったらこれで本を読めばいいんだよ」

鶴乃が投げかける。

「そうかい。じゃあ、移動中はこれで楽しむとするか」

「うん、そうよ。ゆっくり楽しんできてね。で、たまに写真を送って欲しいの」

鶴乃がきくよに〝ｉＰａｄ　ｍｉｎｉ〟を使って、写真の撮り方を教える。

「まあ、インターネットや、こういう機械も使い方によっては便利なんだろうけどね」

亀助は、最近の出来事を思い返した。

「なんかさあ、随分と息苦しい時代になっちゃったね。不倫したって、なんだって、シロクロつけて、立ち直れないくらいにネットで糾弾するんだろ」

亀助は、「他人の不幸は蜜の味ってことで、〝メシウマ〟ってネット用語があるくらいだからね」と、何度も頷いた。

「確かに、社会全体で余裕がなくなってきているというか。誰かを叩いていないと、安心できないような状況なのかもしれないね」

鶴乃が言うと、きくよが眼鏡を外してお茶に手をつけた。

「あたしからしたら、うちで堂々と無銭飲食したなんて、いい度胸していてなかなかやるじゃないかって、褒めてあげたいくらいだよ」

亀助は、「ちょっと待ってよ」と、首を振った。

「それとこれとは話が別だろ。犯人を見つけるのに、どれだけ苦労したと思っているんだよ。匿名という、ネットの負の側面をさ、悪意を持って利用するのは許せないだろ」

亀助は事件を振り返り、拳を握りしめていた。

「あーはいはい、探偵さん、失礼しました。そうだね、旅行中はミステリーでも読みたいね」

きくよが、再び、お茶を飲む。

「帰るまでには、亀助は誰かにもらってもらえるだろうか。それだけが心配だわ……。誰か、お客さんの中にいい人がいないか聞いてみようか」

亀助は、「いや、だから、いいから。自分でなんとか」と、言って遮ろうとした。

「おばあちゃん、そんな世話を焼いたところで裏切られるだけよ」

「おや、あの話かい。亀助が煮え切らないから、気立てのいい、検察事務官のべっぴんさんに、逃げられたって」

「そうそれ！」

二人が大声を上げて笑い合っている。しばらくこのネタでいじられそうだなと亀助はため息をついた。早く次の恋を見つけなければ……。

今回の事件では大切な日本酒の師匠である呑助先輩こと、長内に濡れ衣を着せるところだった。亀助は心の中でお詫びをして、《中田屋》に招待する段取りをつけたところだ。

数寄屋造りの屋敷を出て見上げると、青々とした空が広がっていた。

亀助と鶴乃は、銀座駅に向かって一緒に歩いていた。亀助はハイブリッドバイクを押しながらだ。

「そういえば、天音さん、結婚するみたいだね」

「ああ、それなんだけどさ……」

鶴乃が奥歯にものが挟まったような言い方をして、途中で口を閉ざした。

「ん、なに?」

「なんか、まだわかんないけど、ダメになったっぽいわ」

亀助は、「どういうこと?」と、鶴乃を二度見した。

「いや、ちゃんと聞いてないけど……。ぜひ、お祝いさせてってお願いして、会う日も決めたんだけどね、突然、天音ちゃんからごめんなさいって……」

「そ、そうだったんだ……」

鶴乃のことだから、冗談かと思ったが、どうやら、あの後なにかあったようだ。

亀助に連絡があるでもなく、少し哀しさを感じた。

「あんた、まだ好きなんでしょ。何かわかったら教えてあげるわ。ねえ、甘いものでも食べに行く?」

「あ、ごめん。このあと、格闘技のジムに行くんだ」

「なんだよ、テンション下がるな。せめて、デートだからとか言って欲しかったわ。せっかく姉が誘ってあげたのに、断る理由がつまんない男……」

「いや、いい恋愛をしたいから、僕はずっと健康でいようと決めたんだよ」

鶴乃が笑いを堪えているのがわかる。だが、ムッとしない。気にしない。

「あっそ。わかった。今日は帰るわ」

亀助は、複雑な思いを抱えたまま、鶴乃と別れた。

よし、がっつり汗をかこうか。

亀助はハイブリッドバイクにまたがって、ペダルに足をかけた。

# 解　説

小澤隆生

私は「一休．ｃｏｍ」というサービスを運営する、株式会社一休の会長をしています。「一休．ｃｏｍレストラン」では美味《おい》しいお店の情報をユーザーに提供しています。〝美味しい〟に魅了された人に向けたサービスですので、私は「美味しいとはなにか」ということを常に考えています。

〝美味しい〟は、非常に魅力的です。本書に出てくる人たちは、主人公を含め、美味しいものに魅了された人たちです。もちろん読んでいる私も皆さんも魅了されているかと思います。

本書には、美味しいものがたくさん出てきます。趣向を凝らしたポテトサラダや、贅《ぜい》の限りを尽くしたたこ焼き、明太子がふんだんに入ったもつ鍋など、想像するだけで垂《すい》涎《ぜん》ものの料理がズラリと出てきて、読んでいると「あれも食べたい。これも食べたい」と思ってしまいます。

本書には、実在するお店と、架空のお店が登場しますので、私はお店を検索しながら読みました。実在しているお店なら実際に行って、主人公の亀助くんと同じものを食べてみたい。実在していないお店なら、せめてモデルになっていそうなお店に行きたい。

このように私以外でも〝美味しい〟に魅了された人は、長い行列に並んだり、評判の良いお店を探したりと、あくなき探究心と行動力を発揮するでしょう。

では、〝美味しい〟を左右する要素とはなんでしょうか。


想像してみてください。

あなたは雪山で迷ってしまい、三日間彷徨《さまよ》っています。体力の限界を迎え、もうダメかもしれない、と諦めかけたとき、仲間のテントを見つけます。助かった！　と思いテントに転がり込むと、あなたの帰還を喜んでくれた仲間が、「さあ、暖まれよ！」と言いながら、湯気を立てたお湯をトクトクと注いで、カップ麺とインスタントコーヒーを作ってくれました。

冷え切った体に温かい食べ物。これは絶対に美味しいですよね。しかし、ほかにも美味しいと感じさせる要素があります。


「空腹」

まず、空腹であれば大体のものは美味しく感じるはずです。これは味覚というよりも人間の本能の問題でしょう。美味しさを作り出すために、空腹は必要不可欠な要素です。

「仲間の存在」

やっと出会えた仲間、そしてその仲間が自分のためにお湯を入れてくれたという事実は美味しさを増します。仲間との楽しい食事でも、美味しさが増します。恋人、家族、懐かしい友達といったように〝誰と〟食べるかはとても大事です。

「すぐ出てくる」

やっとの思いで転がり込むことができた仲間のテント。冷え切った体に空腹という状況では、インスタントコーヒーが正解です。「おお、寒いだろう。コーヒーを作るよ。豆を挽《ひ》くからちょっと待ってて！」と言われたら、軽い殺意を抱くかもしれません。世の中にはファストフードがたくさんありますが、食べたいときにすぐに食べられるというスピード感は価値があるのです。

このような要素が加わることで、同じカップ麺やインスタントコーヒーでも、すごく美味しい食べ物や飲み物になります。なので、私はカップ麺を食べるときは、ふたを開ける前に様々なシーンを想像することで大変美味しく食べています。

次のシチュエーションの場合はどうでしょう。

あなたは、厳しい上司の下、同僚たちと一大プロジェクトに関わっています。半年もの間、何度もダメ出しを受けながら仕上げたアイディアを、クライアント相手にプレゼンを行い、その結果が今日届きます。このプロジェクトが決まれば、会社にとって過去の記録を大幅に上回ります。クライアントから結果を知らせるメールがなかなか届かず、ヤキモキしている中、ついに届いた結果。ドキドキしながらメールを開くと「ＧＯ！」の一文。あなたは大声で快哉《かいさい》を叫び、仲間たちと喜びを分かち合います。夜はビアガーデンを貸し切ってのお祝い会。厳しかった上司が涙を流しながらスピーチをし、このチームで仕事ができてよかった、と心から思い、仲間と乾杯して一気に生ビールを飲み干します。

これもまた美味しいわけです。ここにも大事な要素があります。


「場所」

夏のビアガーデン。きらめく夜景を一望する贅沢なロケーションで心地よい夜風を浴びながら美味しい生ビールを喉に流し込む。疲れを吹き飛ばす、まさに至福のひとときです。海沿いのお店、夜景が綺麗《きれい》なバー、格調高い料亭など、場所は〝美味しい〟に影響を与えます。

「○○の後」

仕事の後の一杯、スポーツの後の一杯、というように「○○の後」というのは美味しさを生み出すとても大事な要素です。極端に言えば、美味しさを作り出すためには事前にできるだけ大変なことがあったほうが良いでしょう。仕事やプロジェクトの厳しさを仲間たちと語りながら飲む酒、食べる料理は美味しいわけです。先程の雪山の事例でいえば、「遭難の後」のカップ麺だからこそ美味しいともいえます。さすがにそういったトラブルを自ら作り出すわけにはいきませんが、ビールを美味しく飲むためにランニングをするといったように、美味しさを作り出すためにわざわざ厳しい状況を作り出す人もいます。

ちなみに、私は「打ち上げ」が大好きです。打ち上げの乾杯スピーチでは、いいことばかりではなく、大変だったことを思い出していただくような話をしています。全ては美味しく感じてもらうためです。

また、別のシチュエーションの場合はどうでしょう。

あなたは趣味の釣りに出かけます。狙いは真鯛《まだい》です。朝四時に起き、釣り船で東京湾に出撃です。しかし海はあいにくの荒れ模様。しかも潮回りが悪いのか全然釣れません。一緒に船に乗っている人たちも釣れていません。次第に風が強くなり、雨も降りだしたため、船長から「あと五分で帰りましょう」と声がかかったその直後、あなたの竿《さお》が大きくしなります。慎重にリールを巻き上げ、浮かび上がってきたのは本命の真鯛です。思わず大きな声が出ます。測ってみたら全長七十センチ、体重三・三キロの立派な真鯛。

その真鯛をクーラーボックスに入れ、あなたは友達と予定していたバーベキューに向かいます。あなたはこの大戦果を見せたくてうずうずしています。案の定、真鯛を見た友達はスゴイ、スゴイと声を上げてくれます。そんな中、あなたは今日の状況がどんなに大変だったかを話しながら、自慢の出刃包丁を使って真鯛をさばいていきます。その場ですりおろした生わさびを添え、「さあ、みんな食べてくれ！」と差し出した尾頭付きの真鯛のお造り。

これも美味しくないわけがありません。ここにも大切な要素があります。

「料理自体ができあがるプロセス」

実は釣りは私の趣味なのですが、このような状況で釣り上げた魚の場合、そこに至るまでのさまざまな作業やコスパを考え、食べる前から「美味しい！　いや美味しくないと困る！」という状態になっています。だって、パックのお造りならスーパーで数百円で買えるのに、わざわざ釣り船を借り、一日がかりで釣り上げているのですから、その苦労を超える美味しさでないと許せない。

さらにこの場合、話を聞いている友達も同じく美味しさを味わえるでしょう。お米でも魚でも肉でも生産者の話を聞きながら食べると美味しく感じるものです。同様にオープンキッチンで、作るプロセスを見ながら食べる料理はやはり美味しく感じます。


このように、美味しさは食べる側の心持ちによって大きく変化するので、私はできるだけ食事に至るまでのストーリーや状況を大事に磨き込みながら、〝美味しい〟に向けて歩みを進めていきます。もちろん、亀助くんをはじめ、本書の登場人物もこのことをよくわかっているわけです。さまざまな要素を使い、組み合わせ、〝美味しい〟というストーリーを作り上げていきます。

本書の中には、そこかしこに料理を美味しくする要素が隠されています。

たとえば、第一話ではポテトサラダが出てきます。ポテトサラダは誰もが食べたことがある、人気の国民食です。当たり前ですが、誰もが好きな料理は基本的に美味しくて、誰もが手が届く価格です。そのポテトサラダを使いながら、ただのポテトサラダではなく、〝有名店のポテトサラダ〟とすることで、家庭のお惣菜《そうざい》の安心感に、別の価値を与えています。

人は「有名店」「ミシュランの星をとっている」「食べログで四点以上」など、お店に関する事前情報が加わることで〝美味しい〟が強化されます。もちろん実際の料理も美味しいわけですが、「情報」というスパイスが料理をさらに美味しくするのは間違いないでしょう。さすが、島田さんと亀助くんはわかっていらっしゃる。

第二話に登場するたこ焼きは、誰もが食べられるものではありません。完全招待制。しかもどうやって招待されるかもわからないという謎に満ちたたこ焼きです。B級グルメの代表ともいえるたこ焼きを、最高の食材で仕上げ、銀座のクラブという特別な空間で提供する。それも選ばれたお客さんだけしか食べることができない……。高桑さんの手腕、おそるべしです。

第三話では、日本ではすっかりとれなくなったモクズガニが出てきます。希少性の高いものは美味しさが増すのです。キャビア、トリュフ、フォアグラ、ツバメの巣など、珍味と呼ばれるものは、珍しいから美味しく感じるのだと思います。その希少なモクズガニがお鍋の中にドバドバ入っているなんて、最高に贅沢で羨ましい限りです。

このように料理そのものと、それにまつわる状況、情報と食べる側の心持ちによって〝美味しい〟は大きく変化します。亀助くんやサークルの仲間、また店主といった登場人物たちはそれらを十分に理解した上で、美味しい料理を食べたり、作ったりしています。

一度目は事件の手がかりを探しながら読んだ方は、二度目は美味しさの秘密を探しながら読んでみてはいかがでしょうか。

前作『手がかりは一皿の中に』を未読の方は、そちらもぜひ読んでいただきたいです。本書に出てくるポテトサラダや、たこ焼きといった料理が「ハレとケ」の「ケ」だとしたら、前作で出てくる料理は「ハレ」です。熟成鮨《ずし》、フレンチ、モダンスパニッシュ、老舗料亭の会席料理など、頻繁には食べられない高級グルメが「これでもか」というくらいに出てきます。本書同様、食欲を刺激されること間違いなしの一冊です。

あ、そうそう。私はＩＴ企業のヤフー株式会社の取締役もしています。ＩＴ系のスタートアップ企業への投資と支援を行うＹＪキャピタルで、ＣＯＯ（最高執行責任者）、代表取締役を歴任し、個人投資家としても、これまで多数の投資、創業を行ってきました。ということもあり、今、ワンプに投資しようか、悩んでいるところです。うーん、どうかなあ。作中にもあった通り、亀助くん以外にもっと、ユニークな書き手を増員して欲しいところ。グルメサイトはレッドオーシャンですからね。

それは、さておき、本書も美味しくいただきましたので、次作も期待しています！

（おざわ・たかお　一休取締役会長／ヤフー取締役）

本書は、集英社文庫のために書き下ろされた作品です。

図版作成／西村弘美

## 八木圭一の本

### 手がかりは一皿の中に

グルメライターの亀助は食通のメンバーと絶品の熟成鮨を堪能していた。だが、一人が急死し、店が食中毒を疑われる事態に。亀助は犯人を探すが……。

集英社文庫

# 集英社文庫　目録（日本文学）

森村誠一　壁の目 新・文学賞殺人事件
森村誠一　終着駅
森村誠一　腐蝕花壇
森村誠一　山の屍
森村誠一　砂の碑銘
森村誠一　悪しき星座
森村誠一　黒い神座《みくら》
森村誠一　ガラスの恋人
森村誠一　社《しゃ》奴《ど》
森村誠一　勇者の証明
森村誠一　復讐の花期 君に白い羽根を返せ
森村誠一　凍土の狩人
森村誠一　悪の戴冠式
森村誠一　社賊
諸田玲子　月を吐く
諸田玲子　髭麻呂 王朝捕物控え

諸田玲子　恋縫
諸田玲子　おんな泉岳寺
諸田玲子　狸穴《まみあな》あいあい坂
諸田玲子　炎天の雪(上)(下)
諸田玲子　恋かたみ 狸穴あいあい坂
諸田玲子　四十八人目の忠臣
諸田玲子　心がわり 狸穴あいあい坂
八木圭一　手がかりは一皿の中に
八木圭一　手がかりは一皿の中に ご当地グルメの誘惑
八木澤高明　青線 売春の記憶を刻む旅
八木原一恵・編訳　封神演義 前編
八木原一恵・編訳　封神演義 後編
矢口敦子　祈りの朝
矢口敦子　最後の手紙
矢口敦子　海より深く
矢口史靖　小説 ロボジー

薬丸岳　友罪
八坂裕子　幸運の99％は話し方できまる！
八坂裕子　言い返す力 夫・姑・あの人に
安田依央　たぶらかし
安田依央　終活ファッションショー
柳澤桂子　愛をこめ いのち見つめて
柳澤桂子　生命《いのち》の不思議
柳澤桂子　ヒトゲノムとあなた
柳澤桂子　すべてのいのちが愛《いと》おしい 生命科学者から孫へのメッセージ
柳澤桂子　永遠のなかに生きる
柳田国男　遠野物語
矢野隆　蛇衆
矢野隆　慶長風雲録
矢野隆　斗《とう》棋《ぎ》
山内マリコ　パリ行ったことないの
山内マリコ　あのこは貴族

集英社文庫

手《て》がかりは一皿《ひとさら》の中《なか》に　ご当地《とうち》グルメの誘惑《ゆうわく》

2019年7月25日　第1刷　　定価はカバーに表示してあります。

著　者　八木圭一《やぎけいいち》

発行者　徳永　真

発行所　株式会社　集英社
東京都千代田区一ツ橋2-5-10　〒101-8050
電話　【編集部】03-3230-6095
【読者係】03-3230-6080
【販売部】03-3230-6393（書店専用）

印　刷　中央精版印刷株式会社　株式会社美松堂

製　本　中央精版印刷株式会社

フォーマットデザイン　アリヤマデザインストア　　マークデザイン　居山浩二


ISBN978-4-08-744005-8 C0193